KB070768

{ }

겨울의 언어

{ }

겨울의 언어

김겨울 산문집

웅진지식하우스

차례

{ }

프롤로그

겨울의 언어는 겨울을 부르는 언어일까, 겨울을 나는 언어일까? 글을 다듬으며 어쩌면 그 둘이 다르지 않을지도 모른다고 생각했다. 겨울을 재촉하므로 그는 겨울을 견딜 수 있을 것이고, 겨울을 견딜 수 있으므로 그는 겨울을 재촉할 것이다. 누구에게든 어디에서든 겨울은 반드시 지나야 하는 계절일진대, 겨울을 소리 내어 부르는 사람에게 겨울의 혹독함이란 자신을 휩쓸어도 좋을 바람이다. 나는 제자리에 곧게 서서 거센 바람을 맞는 일을 생각하며 그럼에도 이것이 삶이라면 노래하지 않을 이유가 없다고 여긴다. 노래는 이따금 뚝뚝 끊기고 위태롭다. 그러나 겨울 속에서 기꺼이 노래하는 다른 사람들, 내가 책 속에서 만난 그 수많은 사람들의 힘으로 삶의 노래는 이어진다.

이 책에는 2016년부터 2023년까지 쓴 글 중 일부가 수록되어 있다. 3년간 글을 연재했던 《씨네21》을 비롯하여 《릿터》, 《자음과모음》, 《서울리뷰오브북스》, 《엘르》, 《보스토크》 등 여러 매체에 썼던 글 중 시의성이 강하거나 특정 작품을 리뷰하는 글을 제외했고, 남은 글 중에서도 주제가 튀어 흐름에 맞지 않는 글을 제외했다. 되도록 기고 당시의 생각을 살리기 위해 개고를 하지 않으려 했지만 책의 완성도를 위해 최소한의 개고를 진행했다. 더불어 어디에도 기고하지 않은 몇 편의 글을 함께 실었다. 총 3부로 구성하여 나누었고, 1부에서 3부로 가면서 글도 주제도 조금은 가뿐해질 것이다.

이전까지의 책에서 나는 매번 나의 삶과 글을 도구로 삼아 어떤 메시지를 전달하고자 했다. 그것이 책을 쓰는 저자로서의 책임이라고 생각했다. 명시적이지는 않아도 책을 관통하는 한 가지 메시지가 있기를 바랐고, 글의 진동이 맞는 사람들에게 그 메시지가 전달되기를 바랐다. 이를테면 『아무튼, 피아노』는 '그럼에도 불구하고 마지막 음까지 연주하는 일, 그럼에도 불구하고 마지막 날까지 살아내는 일'에 대한 책이며, 『활자 안에서 유영하기』는 '책을 삶으로 확장시키기'에 대한 책이다.

이 책은 처음으로 전체를 묶어내는 한 문장의 설명이 없는 책이다. 책 전체를 조망하고 쓴 글이 아니었으므로 그러한 전망을 가질 수 없었다. 물론 일관된 시선으로 글을 쓰는 저자에게는 그런 일이 가능했겠으나, 나의 글은 지면에 따라, 또 매체의 요구에 따라 여러 모습을 띠었으므로 그럴 수 없었다. 말인즉슨 이 책이 곧 내가 오로지 김겨울로 쓰는 첫 책이 될 것이라는 의미였다. 이 책에 대한 나의 초조함은 여기에 기인하는지도 모른다. 이 글들이 제자리를 찾을 수 있을까?

체를 치고 남은 글은 보란듯이 부끄럽다. 마감에 쫓겨 급하게 마무리 지은 글과 최선을 다해서 썼지만 부족한 글이 몇 번이고 출간에의 의지를 꺾으려 들었다. 이 책을 갈무리하는 동안 여전히 나는 매일 책을 읽었고 그 모든 날카롭고 판판하고 살아 있고 정제된 글 앞에서 매번 위축됐다. 맞아서 좋은 글을 쓸 수 있는 벼락 같은 게 있다면 찾아가서 엎드리고라도 싶었다. 하지만 그런 벼락 같은 것은 없으므로 나는 그저 책 앞에 엎드린 사람일 따름이다. 좋은 글을 쓰는 길은 하늘이 알려줄 수 없고 선생이 인도할 수 없으며 오로지 다른 이에게서 스스로 배울 수밖에 없다는 걸 안다.

3년 전, 프랑수아 누델만의 책 『철학자의 거짓말』 추천사에 이렇게 썼다. “우리는 모두 거짓말을 한다. 글을 쓰면서는 더 많은 거짓말을 한다. 글로 구현된 ‘나’는 이미 내가 아니라 나로부터 기원한, 나보다 조금 더 낫기를 바라는 인물이기 때문이다. 하지만 우리는 그 거짓말들을 우리의 상像으로 삼는다. 어쩌면 우리는, 이 철학자들처럼, 모두 거짓말을 향해 나아가는 진실한 인간들일지도 모른다.” 이 책은 내가 상으로 삼은 나의 어떤 측면이다. 전부가 나는 아니지만, 그 어느 곳을 떼어놓더라도 내가 아니라고 말할 수는 없을 것이다. 그러나 부디 내가 부족한 만큼은 책이 부족하지 않기를 공들여 비는 수밖에 없다.

기고 당시 마감을 재촉해주었던 모든 매체의 담당자들과 부산스러운 글들을 엮으며 같이 고생해준 이혜인 편집자, 내가 보고 배운 수많은 책의 영혼들과 나에게 늘 용기를 주는 사랑하는 친구들에게 감사를 전한다. 이 책의 어떤 글이 조금이라도 빛난다면 그것은 모두 이들 덕분이다.

2023년 가을

김겨울

1부

새겨울

{ }

새겨울

겨울은 향으로 온다. 바람이 면에서 선으로 불기 시작할 때 겨울은 감지된다. 길고, 얇고, 뾰족해 콧속에서 와르르 산산조각이 나는 겨울바람에서는 차가운 결말과 냉랭한 시작의 냄새가 난다. 붙잡지 못한 시간이 우박처럼 쏟아지는 계절. 시간이 눈처럼 따뜻할 일은 없다. 나는 빨개진 코끝을 만지며 걷는다. 머리 위로 떨어지는 얼음이 뼈와 살과 근육을 다 통과해버린 것 같다. 젖은 발밑을 바라볼 때마다 눈 위로 흐른 얼음물이 코끝으로 툭 떨어진다. 나는 그 어느 겨울에도 그 어떤 시간도 다 녹이지 못하고 서성거린다.

매해 겨울은 후회의 연속이었다. 매번 불완전한 정산 내역을 받아 들었다. 올해의 결말은 늘 실패였고 새해의 시작은 잔인할 만큼 빨랐다. 너는 네가 원한 것을 절대 가질 수 없다고 겨울은 이야기했다. 네가 무엇이든 가질 수 있었던 시기는 예전에 끝나버렸다고 그는 선언했다. 원래 다들 그렇게 사는 거라고, 그는 넉살 좋게 웃었다.

오래전, 좁은 주택 1층에 사는 나의 가족이 모처럼 외식을 나가는 겨울날. 일곱 살의 나는 선물 받은 풍선에 잔뜩 들떠 있다. 보라색과 푸른색과 검은색이 경계 없이 섞여 있고 별이 온통 흩뿌려져 있는 우주 풍선. 크고, 두껍고, 아름답다. 풍선을 이렇게 예쁘게 만들기도 하는구나, 나는 감탄한다. 이런 풍선은 유치원에서도, 피아노 학원에서도 본 적이 없다. 나는 신이 나서 풍선을 들고 가장 먼저 집 앞으로 뛰어나간다. 추운 날씨에 껴입은 털옷이 몸을 둔하게 만든다. 나는 풍선을 높이 들며 뛴다. 우주 풍선이 우주로 날아갔으면 좋겠다고 생각한다. 가는 길에 나도 데려갔으면 좋겠다고 생각한다. 우주는 어떨까? 겨울만큼 추울까? 방심한 찰나 풍선을 놓치고, 손에서 미끄러진 풍선은 순식간에 울퉁불퉁한 바닥에 닿아 펑, 하고 터진다. 나는 커다래진 눈으로 그 자리를 바라본다. 아직 출발도 안 했는데. 계속 들고 가려고 했는데. 예쁜 풍선이었는데. 뒤늦게 나온 가족들은 혀를 찬다. 잘 좀 들고 있지. 길에는 볼품없이 찢어진 풍선의 흔적이 나뒹군다. 나는 망연자실해한다.

이것이 내가 기억하는 가장 오래된 겨울이다.

또한 이것이 내가 기억하는 거의 모든 겨울이다. 풍선은 모습을 바꾸며 터져나갔다. 때로는 사람의 모습으로 때로는 예술의 모습으로 터져나갔다. 두 팔로 끌어안아도, 온몸으로 보호해도, 경계를 늦추지 않아도 풍선은 여지없이 잔해가 됐다. 바라고 꿈꾼 많은 것이 그렇게 흩어졌다. 원래 사는 게 다 그렇다는 건 익히 들어 알고 있었다. 알고 있었지만, 아직은 그 사실을 받아들일 수 있을 만큼 충분히 울지 못했던 때가 있었다. 매번 슬펐고 매번 울었다. 몸부림칠 수 있고 슬퍼할 수 있었던 것은 젊음의 특권이었을지도 모른다.

그럼에도 겨울을 좋아하는 건 어쩌면 모순된 성정이다. 이런 겨울들을 통과해오면서도 나는 한 번도 겨울을 배신한 적이 없었다. 겨울이 나를 배신한 적이 없듯이. 그 차가운 공기가 좋았고, 동물들도 사라져 조용한 풍경이 좋았고, 사람들이 서로를 움켜쥐는 것이 좋았고, 따뜻한 실내에 들어온 사람들의 상기된 얼굴이 좋았고, 연말의 흥성한 분위기가 좋았고, 크리스마스의 예쁜 장식이 좋았고, 눈을 밟는 소리가 좋았고, 모두들 할 일을 내년으로 미루며 반쯤은 너그러운 마음이 되는 것이, 그렇게 맞이한 새해도 그다지 부지런하지는 못한 것이 좋았다. 그 따뜻한 분위기가 내 것이 아니더라도 좋았다. 겨울에 가장 외로워하면서도 가장 사람들 속에서 산다고 느꼈다. 앙상한 나무에조차 짚으로 된 옷을 둘러주는 사람들 사이에서. 시린 발을 녹여가며 겨우 잠이 들 때엔 누군가가 나에게 위로를 둘러주는 것 같았다. 나는 종종 그가 겨울이라고 생각하곤 했다.

겨울과 함께 산다는 건 그런 것이다. 내가 나를 절망시키면서도 동시에 내가 나를 안아줄 수 있다고 믿는 것. 겨울이라는 이름은 그렇게 지어졌다.

정준일은 〈새겨울〉에서 노래한다.

우리도 그들처럼 죽음 같은 일 년
긴 잠을 자다가 깨어났을 때 즈음
푸르른 새 잎사귀와 분홍빛 꽃을

다시 새로운 시작

그는 겨울이 지나 봄이 다가오는 때가 새로운 시작이라고 말하지만, 실은 모든 겨울이란 새겨울이다. 차가운 결말도 결말이고 냉랭한 시작도 시작이니까. 그러니 코끝에 맺힌 물을 훔치며 또다시 걸을 수밖에 없다. 두 팔로도, 온몸으로도 안 된다면 다음엔 무엇으로 어떻게 해야 할지를 새로운 풍선에 바람을 불어가며 고민할 수밖에 없다. 첫 풍선이 터뜨린 것은 부모의 숨이었으나 그다음부터 터뜨린 모든 풍선은 나의 숨이므로. 그러므로 또다시 내리는 시간의 우박이 나의 풍선을 터뜨릴지라도, 그 모든 것이 또 한 번 잔해가 되어버릴지라도, 나는 나의 숨을 끌어안고 있다. 늘 자신을 용서해야 한다. 여전히 그 어느 겨울에도 그 어떤 시간도 녹이지 못하더라도. 끝끝내 무엇도 녹이지 못하고 사라질지라도.

{ }

1991

새천년을 맞이했을 때, 온 세상이 Y2K의 공포와 사이버 시대의 기대감에 야릇하게 사로잡혀 있었을 때 나는 막 열 살이 됐다. 내 나이가 가늠하기 쉬운 나이라는 것도 그쯤 알았다. 2000년이면 열 살, 2001년이면 열한 살, 2002년이면 열두 살. 매년 1의 자리가 나이의 1의 자리와 일치한다는 놀라운 사실에 막 기뻐하기도 전에 나의 부모는 새천년을 맞이할 어린 양을 위해 안전한 길을 만들어 주어야겠다고 결심했던 것 같다. 공부 잘하고 대학 잘 들어가서 취업 잘하고 결혼 잘해서 애를 잘 낳는, 그런 잘된 삶을 마련해주겠다고. 이것이야말로 혼란스러운 밀레니

엄을 맞이한 많은 부모들의 소망이었을 것이다. 열 살이 되기 무섭게 영어며 국어 논술이며 이런저런 사교육을 받기 시작했다. 그리고 20년 뒤 4차 산업혁명 시대를 맞이한 나의 부모는 당신들이 소망한 목록의 후반부가 통째로 날아가는 것을 목격하게 된다.

취업과 결혼을 안 하겠다고 선언했다. 소파에서 귤을 까먹으며 텔레비전을 볼 때마다 말했다. "나는 취업 안 해." "취업을 안 한다고?" "어. 안 해 안 해. 나랑 안 맞아. 나는 음악 할 거야." 기껏 청춘을 바쳐 딸을 대학까지 보낸 부모는 과년한 딸의 선언에 어안이 벙벙했을 것이다. 하지만 나의 결심은 확고했다. 나는 그런 잘된 삶을 살 생각이 없었다. 뭐가 어떻게 될지는 모르겠지만 취업과 결혼이 삶에서 없을 예정이라는 건 확실했다. 나에게 맞지 않는 옷이라는 걸 본능적으로 알 수 있었다. 부모도 사실은 알지 않았을까. 초등학교 때는 피아노 친다고 설치고 중학교 때는 춤춘다고 설치고 고등학교 때는 글 쓴다고 설치고 대학교는 세상에 철학과를 가버렸는데 부모가 이걸 몰랐다니 말도 안 된다.

그리하여 과년한 김겨울은 취업도 결혼도 거부한 채 혼자서 뭘 해보겠다고 허우적거리게 된다. 스물세 살에는 처음으로 곡을 쓴다. 친구와 드럼 편곡으로 3일 동안 싸우고 각자 녹음한 파일을 주고받아가며 레코딩을 한다. 스물넷에는 학교 선배가 만든 소규모 잡지의 필진이 된다. 매달 머리를 싸매고 음악 칼럼을 쓴다. 스물다섯에는 음원을 발매한다. 홍대 부근의 공연장을 돌며 공연을 하던 것이 눈에 띄어 어느 공연장의 컴필레이션 앨범에 음원을 싣고, 같은 해 가을에는 음원 발매 프로젝트에 발탁되어 전문 세션들이 녹음한 곡으로 첫 싱글을 낸다. 크라우드 펀딩으로 데모 앨범도 뚝딱뚝딱 만든다. 스물여섯에는 동료 뮤지션의 권유로 작은 지역 방송국의 라디오 DJ가 된다. 스물일곱에는 유튜브를 시작하고 팀을 꾸려 미니 앨범을 발매한다.

허우적의 역사는 창피할 정도로 누적되었다. 멋진 결실만 있는 건 아니었다. 머리를 싸매고 만든 데모 앨범을 보낸 곳에서는 연락이 없었다. 어떤 공연장에서는 사람들이 큰 소리로 떠들고 술을 마시느라 내가 부르는 노래는 듣지도 않았고, 어떤 공연장에는 관객이 아예 없었다. 그날은 공연에 참여한 뮤지션들끼리 서로 박수를 쳐주고 같이 술을 마셨다. 어떤 날은 관객이 내 노래는 듣지도 않고 자신의 동료가 생일이니 생일 축하 노래나 불러달라고 했다. 머리 위로 쓰레기봉투 꽁다리를 묶는 것 같은 나날들이 있었다.

그러니까 나는 한 손에 담배를 들고 소파에 푹 기대어 앉아 느긋하게 재능을 펼쳐 보이는 그런 사람은 못 된다(그런 사람이 몇이나 될까. 알고 보니 많다면 조금 슬플 것 같다). 어떻게든 되겠지, 라며 여유를 부리다가도 이러다 굶어 죽을까 봐 불안해하고, 서른까지만 뒤돌아보지 않고 뛰어들겠다고 생각하면서도 영영 이 자리에 돌아올 수 없을까 봐 걱정하는 생활인의 역할이 이십 대 내내 내가 자리한 곳이었다. 기어코 일을 벌여놓고는 그걸 해내느라 엉엉 울고, 다 하고 나서는 마음에 들지 않아 엉엉 우는. 매번 창피할 걸 알면서도 시작해서 끝까지 해보는 게 내가 할 수 있는 유일한 일이었다. 초라하게 완성된, 아니 초라하지만 완성된 꾸러미를 끌어안고 또 길을 나서는 떠돌이의 습성이 그 시절을 거쳐 몸에 배었다.

그 습성은 시간이 흘러도 사라지지 않아서 많을 때는 한 달에 일곱 개의 정기 마감을 했다. 내가 이거 왜 한다고 했지, 이번 원고도 엉망이야, 엉엉 울면서 다음 마감을 또 준비한다. 왜 아무도 시키지도 않은 유튜브 마감을 내 스스로 만들었지, 과거의 자신을 원망하면서 주말 내내 편집을 한다. 라디오 진행과 유튜브 라이브, 유튜브 촬영

이 돌아올 때마다 아직도 긴장을 하고, 무사히 마무리하고 나면 완전히 탈진 상태가 된다. 책을 쓸 때마다 세상이 멸망했으면 좋겠다고 생각하며 원고를 마무리한다. 눈물을 흘리며 자꾸 일을 벌이는 나를 두고 친구는 "너야말로 4차 산업혁명 시대의 참인재다"라며 놀린다. 밀레니얼 세대에는 n잡러(여러 가지 직업을 가진 사람)가 많아지고 있다고도 하고, 시간이 흐르면 모두가 프리랜서가 되는 시대가 온다고도 하는데, 내가 그걸 다 예상하고 이런 참인재가 된 것이다(물론 아니다).

취업과 결혼과 출산은 성공적으로 피하게 됐다. 아직까지는 성공적이라고 해도 좋을 것 같다. 취업하지 않고도 벌이를 만들 수 있게 됐고 주변에 결혼하지 않는 사람들도 늘어났다. 결혼하지 않고도 멋지게 사오십 대를 맞이하는 여성의 모습도 접할 수 있게 됐다. 이제 커리어만 무사히 쌓아나갈 수 있으면 앞으로도 이런 삶을 살 수 있으리라 기대하고 '과년'이라는 말이 얼마나 나에게 어울리지 않는 말이 되었는지 종종 생각한다. 지날 과, 해 년. '주로 여자의 나이가 보통 혼인할 시기를 지난 상태에 있음.' 나이로만 따진다면 결혼 적령기에 속해 있지만 결혼할 시기를 기준으로 삶을 재단할 생각은 없다. 결혼하고 애를 낳지 않는다고 여성으로서의 책무를 다하지 않는 이기적인 인간으로 취급당할 생각도 없다. 옛날에야 취업과 결혼, 출산이 어른이 되는 하나의 의례였지만 이 시대의 어른에게는 그것 말고도 할 일이 너무 많으니까. 방황도 해야 하고 저항도 해야 하고 살 길도 찾아야 한다. 원래 시대의 참 인재란 바쁜 것이다.

내가 태어난 해는 1991년이다. 하나에서 아홉까지 수를 세고, 다시 아홉부터 하나까지 수를 세어본다. 내 마음대로 의미를 배정해본다. 하나, 탄생, 둘, 있었던 일, 셋, 있어야만 했던 일, 넷, 있을 수 있었던 일, 다섯, 결심, 여섯, 없기를 바랐던 일, 일곱, 없어야만 했던 일, 여덟, 없었던 일, 아홉, 소멸. 내가 배정한 진자 운동은 앞뒤를 오가며 착실히 자신의 일을 수행한다. 그 일이란 나를 매번 출발선에 세우는 것이다. 매번 아쉬워하며 돌아올 것을 알면서도 또 한 번 진자를 밀어붙이는 습성은 1991이라는 숫자가 건 마법 같은 게 아닐까 생각하게 된다. 일을 벌여놓고 끝까지 달려갔다가 울며 돌아오기를 여러 번이다.

일도 사랑도 — 와, 이렇게 쓰니 정말 어른이 된 것 같다 — 힘차게 밀어보지 않고서는 성에 차지 않았다. 남이 나에게 일을 주지 않으면 내가 일을 벌였고, 나를 전부 버리는 한이 있어도 상대에게 모든 걸 주려고 했다. 믿었던 일과 믿었던 사랑에게 뒤통수를 맞기도 여러 번이었지만 그 결정을 후회한 적은 없었다. 어쨌든 돌아올 때는 뭐라도 배우는 게 있었다. 이를테면 무턱대고 믿음을 쏟아부으면 안 된다는 교훈이라든지(그래놓고 나는 또 속절없이 믿음을 쏟아붓곤 했다). 진자가 제아무리 제자리에 돌아온다고 해도, 진자 자체가 움직이고 있다면 돌아올 때는 늘 새로운 자리가 된다. 공전하는 지구가 실은 태양계의 움직임 때문에 매년 다른 자리에서 한 해를 시작하듯이. 그래서 아직도 매번 힘차게 밀고 힘차게 자빠진다. 나는 미련 없이 움직이는 진자다. 오늘도 또 하나의 초라한 꾸러미를 만들어서는 오늘의 숫자를 가늠해본다. 숫자 하나에 추억과, 숫자 하나에 사랑과, 숫자 하나에 어머니, 어머니, 저 정말 결혼 안 해요…….

{ }

흐르는 말들

그러니까 꿈꾸다 말고 마시는 자리끼처럼 나는 시를 필요로 했던 것 같다. 악몽과 꿈 사이에 청량한 물을 흐르게 하고, 꿈이 혈관에 스며들게 해서, 그토록 땀 흘리며 삼키던 열도 잠시 내려놓게 하는 것.

고등학생 시절 교과서 지문이며 모의고사 지문을 하루종일 머리에 짐짝처럼 지고 다녔다. 그렇게 머리가 무거워서 학교에서 매일 잠을 잤다. 잠을 자고 있으면 친구들의 입을 오가는 어떤 단어들이 귓가를 부유했다. 너무 모가 나서 자고 있는 내 머리통을 몇 번이고 찌르는 단어들이었다. 대학 '급'이라든지, '시간 낭비'라든지, '수준'이라든지, '다음 지문을 읽고 물음에 답하시오'라든지, '옳지 않은 것을 모두 고르시오' 같은 말들. 뒤통수에 구멍이 날 것 같은 기분이 되면 부스스 일어나 문제집을 펼쳤다.

거기서 기도하는 사람은 시인뿐이었다. 무슨 문제집의 어디를 펼쳐도, 조용히 손 모으고 있는 이는 시인뿐이었다. "나는 이 세상에서 가난하고 외롭고 높고 쓸쓸하니 살어가도록 태어났다."• 나는 그 딱딱한 교실 의자에 앉아, 그 딱딱한 바닥에 앉아 흰 바람벽을 가만히 보고 있었을 시인을 생각했다. 교실의 소란한 소음이 이내 수그러들었고 나는 어느 춥고 누긋한 방에 출렁이며 들어갔다. 손을 비비며 생각했다. 나는 "그 드물다는 굳고 정한 갈매나무"••가 될 수 있을까. 문득 교실로 돌아오면 다시 나는 그 딱딱한 의자와 책상, 문제집, 등급, 원서 같은 것들을 이고 있었다. 각지고 아픈 언어 사이에서 흐르는 것은 오로지 시뿐이었다.

생활은 쉽게 시를 지웠다. 대학 시절은 아르바이트와 과제로 가득 찼다. 이따금씩 시집을 선물 받아 읽고 금세

• 백석, 「흰 바람벽이 있어」
•• 백석, 「남신의주 유동 박시봉 방」

잊어버렸다. 줄어드는 통장 잔고로 음악을 만들며 벼랑 끝에 선 기분을 느꼈다. 그때 나에게 중요했던 건 시보다는 음악이었다. 나에게 들고 나는 것은 음악뿐이라고 생각했다.

아, 시가 스스로 흘러나오기도 한다는 것을 알게 된 때는 스물다섯을 열어젖히는 겨울이었다. 부지런히 아르바이트를 하다가도 꿈결처럼 단어들이 흘러나왔다. 겨울 아침 내쉬는 입김도 같았다. 아침이 감격스럽고 밤이 포근하던 시절, 그러니까 그 이전에도 이후에도 똑같은 형태로는 결코 없었고 앞으로도 다시 올 수 없을 사랑의 시절이었다. 이 뜨거운 꿈을 소화할 수가 없어 무엇이든 썼다. 어디에 들린 사람처럼 받아 적었다. "손가락을 들어 당신을 따라 그리는 나의 미술은 오래도록 기다려온 작품의 완성 같은 것"이라고 나는 썼다. 다가오는 말들을 적어 흘려보내고 나면 나는 이 시절을 조금 더 삼킬 수 있었다. 그때 알았다. 시는 신체 감각이고, 거부할 수 없는 선언이고, 읽는 이와 쓰는 이 모두를 관통하는 물결이었다.

그 이후로 나의 시 읽기는 조금 달라졌다. 시인과 마주 앉지 않고 시인이 되어 하얀 벽을 바라보게 되었다. 흐르는 말들을 타고 시인의 세계 너머 시인의 몸으로 들어갔다. 그의 박동을 가늠해보았다. 그가 겪은 일을 내가 겪은 일인 것처럼 느꼈다. 그렇게 나의 갇힌 몸에서 잠시 벗어나 다른 이의 삶을 온몸에 흐르게 하고, 그 자유로운 빙의의 과정을 그대로 두었다.

그 뒤로 몇 년이 흘렀고, 이제 내 삶의 악몽은 시로 비로소 제자리를 찾는다. 나와 다른 이가 비록 그 경험은 다를지라도 각자의 고통을 겪었음을 알게 될 때, 그래서 시집을 붙잡고 울 때, 그 열띤 고통은 잠시나마 진정된다. 시인의 단어들로 시의 몸이 되어본다. "내게 칼을 겨눈 그들은 내 영혼의 한 터럭도 건드리지 못했어."• 소리 내어 읽어본다. 내 영혼은 조금도 다치지 않았다고 말해본다. 그럼에도, "지리멸렬한 고통이 제일 참기 힘들지."•• 마지막 행을 써보며, 그 고통이 차라리 지리멸렬해서 다행이라고 생각하며, 또한 지리멸렬하다는 사실에 머리를 저으며, 혹은 지리멸렬하다고 애써 믿어보며, 시인의 단어들 사이로 잠수하고, 시인의 단어를 머리부터 발끝까지 흘려보낸다. 그러고 나면 깨닫게 된다. 악몽에게 자기 자리를 찾아주어야만 삶은 망가지지 않는다는 것을.

• 최영미, 「지리멸렬한 고통」, 『다시 오지 않는 것들』, 이미출판사, 2019.
•• 같은 시

그러니까 늘 꿈꾸다 말고 마시는 자리끼처럼 나는 시를 필요로 했던 것 같다. 악몽과 꿈 사이에 청량한 물을 흐르게 하고, 꿈이 혈관에 스며들게 해서, 그토록 땀 흘리며 삼키던 열도 잠시 내려놓게 하는 것. 대체 이것을, 시가 아니면 무엇이 해줄 수 있단 말인가.

{ }

어쩌다 대학원

대학교를 졸업하고 유튜브를 시작한 지 그리 오래되지 않았을 때, 아마도 철학을 공부한 것으로 보이는 누군가의 댓글이 달렸다. 철학에 대해 제대로 모르면서 아는 척이나 하고 계신 것 같네요. 이 철학자에 대해 말씀하셨는데, 이 부분은 알고 계신가요? 게다가 본인의 생각은 하나도 없이 권위주의적인 설명이나 하고 있네요. 자기 생각은 없나요? 대충 그런 댓글이었다(겨울서점에는 가끔 열정과 우월감으로 불타오르는 사람들이 쓴 장문의 악플이 달리곤 했다). 시비조의 댓글을 적당히 읽고 넘기는 데에 익숙하지 못했던 초보 유튜버는 발끈하며 답한다. 제가 영상에서 이야기하지 않았다고 그걸 모르는 게 되나요? 그리고 제 생각을 반드시 밝혀야만 하나요? 아직은 아니지만 추후에 대학원에 진학할 생각이 있고, 그때가 되면 저는 하고 싶지 않아도 제 생각을 써야만 할 것입니다. 그럼 그걸 영상에서 밝혀야만 하나요?

그러니까 그때도 대학원을 생각하고 있었다. 소위 '대학원 가고 싶어 병', 속칭 '대학원병'은 오래된 것이었다. 학부를 다닐 때도, 학부를 졸업하고 나서도 잊을 만하면 철학과 대학원에 가고 싶다는 말을 해 주변 사람들을 피곤하게 했다. 친구들에게 말하고, 페이스북에 올리고, 북토크를 진행하느라 만난 교수 신분의 저자에게 묻고, 졸업한 사람을 수소문해서 물어보고…… 마치 아이패드를 사야만 치료된다는 '아이패드병'처럼 대학원을 가야만 '대학원병'이 낫는다는 말을 전해 들은 지도 수년, 나는 어떤 시점을 기다리고 있었다. 내 힘으로 생활을 일구면서 등록금을 낼 수 있는 시점. 그때가 올 때까지 나는 대학원 타령을 돌림노래처럼 부르며 기다릴 작정이었다.

순전한 어린아이였을 때 나를 사로잡고 있던 것은 세상의 근원이라든지, 과거와 미래라든지, 세계의 원리에 대한 질문들이었다. 그림책보다는 『논리야, 놀자』 같은 '논리 학습' 시리즈를 좋아했고, 『빨강머리 앤』이나 『소공녀』보다는 『소피의 세계』를 훨씬 좋아했다. 『소피의 세계』를 펼쳐놓고 책에 등장한 질문들을 타이핑하며 곰곰이 생각에 빠지는 것이 삶의 낙이었던 때도 있다. "너는 누구니?" "세계는 어디에서 생겨났을까?"

초등학교를 다니던 어느 날에는 아빠와 둘이 지하철을 기다리다 들어오는 지하철을 보며 아빠에게 이렇게 말했다. 아빠, 나는 세상의 원리 같은 거 있잖아. 세상의 시작이나 끝 같은 거. 그런 거를 생각하면 이상하게 눈물이 나. 왜인지 조금 부끄러운 말이었기 때문에 기어들어 가는 목소리로 말한 뒤 은테 안경 밑으로 쓱 눈물을 훔쳤다. 저 말을 하면서도 이상하게 눈물이 났다(이 사실을 고백하는 것은 여전히 부끄럽다). 그때는 세상에 대해 생각하면 늘 눈물이 났다. 지하철을 타는 이 많은 사람들과 짐작할 수 없는 더 많은 사람들과 언젠가 사라질 이곳과 언젠가 생겨난 이곳과 그 무수한 이야기들…… 이것들은 모두 어디로 가는 걸까? 거대하게 느껴지는 모든 것, 움직이고 돌아가는 그 모든 것이 한없이 아득하고 무한하게 느껴졌다. 그 안에 내가 있었고, 그 모든 것을 더 알고 싶었다. 아빠는 네가 그렇게 태어난 아이라서 그런 거라고 답했다. 그 말이 맞는다면 나는 나도 모르는 사이 철학의 영토에 입장한 셈이었다.

대학교에서 이중전공으로 철학을 선택하기까지 늘 철학의 영토 주변부를 맴돌았다. 음악을 만들고 글을 쓰는 동안에도 언젠가는 철학을 더 공부하리라고 생각했다. 나의 삶보다 큰 그 무언가에 나를 바치고 싶다는 생각, 그리하여 그 거대한 생각의 제전 속에서 웅크릴 자리를 찾아보고 싶다는 생각이었다. 철학 텍스트를 읽고 생각하고 조사하고 글을 쓰는 과정은 삶의 다른 가능성을 기꺼이 잠시 포기할 수 있을 정도로 황홀했고, 철학의 부름은 무슨 짓을 해도 머릿속에서 떨쳐낼 수 없는 메아리처럼 느껴졌다. 우리가 딛고 서 있는 삶의 조건과 삶의 근거를 가장 깊은 곳에서 탐구하는 학문. 지적 자산에 대한 존중과 자신에 대한 날카로운 반성, 나와 다른 이의 삶을 돌아볼 때의 철저함에 평생 끌려왔다. 대학에서 『계몽의 변증법』을 읽으며 눈의 비늘이 벗겨지는 듯한 느낌을 받았던 어느 오후나 『향연』 속 애지자愛知者로서의 불완전한 인간에게서 받았던 감동의 순간은 그런 식으로 다가왔다.

대학원을 가고 싶었던 건 그래서였다. 메아리는 무슨 저주받은 오디오처럼 멈추지 않고 흘러나왔다. 하지만 대학원에 가고 싶다는 소망을 넌지시 내비치면 열 중 여덟은 나를 말렸다. 이유는 분명했다. 단순히 공부를 하고 싶어서 가는 거라면 대학원 밖에서 해도 된다. 커리어를 쌓는 시기에 하기에는 너무 위험한 선택이다. 대학원 생활이 생각만큼 좋지는 않을 것이다. 한국 나이로 서른셋, 늦은 대학 졸업 후 몇 년간 유튜버로 작가로 일을 하며 프리랜서로서의 커리어가 막 안정적인 궤도에 오른 상황이었고, 이대로 계속 전념한다면 더 잘된 삶이 기다리고 있을지도 모를 노릇이었다. 유튜버로서도 이 정도 수준에서 적당히 책을 다루고 추천하는 영상을 만드는 데에 문제는 없겠지만, 아니, 이 정도로 책을 읽어왔고 읽고 있으면 그렇게 살아도 충분하다고 누군가는 말하겠지만,

평생 이렇게 일한다고? 이 자리에서? 더 많은 것을 알지 못한 채?

이대로 계속 살 수 있을지도 모른다. 큰 문제가 생기지 않는다면, 그리고 내가 스스로를 잘 관리할 수 있다면 이렇게 책을 읽고 에세이를 쓰고 시집을 쓰고 방송을 하면서 10년 20년 살 수 있을지도 모른다. 그렇게 산다고 해도 아무도 나를 탓하지도 않을 테다. 하지만 평생 자의로 그렇게 살고 싶지는 않았다. 나는 늘 기다리고 있었다. 바다가 저기에 있었고, 들어가보지 않고 이대로 시간을 흘려

보낼 수는 없었다. 갈 수 있는 때가 된다면 뒤도 돌아보지 않고 뛰어들 요량이었다.

단순한 흥미 때문이라면 혼자 책을 읽으며 공부하면 그만이지, 대학원이라는 형식이 꼭 필요한 건 아니다. 다만 철학을 취미로 읽는 것과 학계 안에서 지적받으며 공부하는 것은 다른 일이라고 생각했다. 제대로 배우고 비판받고 읽고 쓰고 싶었다. 혼자 읽고 마는 게 아니라 같이 읽고 확인하고 교정받고 싶었다. 제멋대로 읽기 쉬운 철학 텍스트를 엄정하게 읽고 논리적인 글쓰기를 하고 싶었다. 읽는 데서 그치지 않고 내 생각을 다듬으며 쓰고 또 쓰고 싶었다. 규칙적인 수업을 들으며 규칙적으로 공부하고 싶었고, 이해가 되지 않아 포기하는 대신 과제를 위해서라도 포기하지 않고 끝까지 읽고 싶었다. 한 텍스트를 읽기 위해 필요한 다른 텍스트들을 추천받고 싶었고 하루를 다 써서 그런 책들을 읽고 싶었다. 열 중 둘은 내가 이런 것들을 원한다는 사실을 알기 때문에, 그리고 자신이 그런 것들을 경험했기 때문에 대학원을 권했다.

불안이 없었던 것은 아니다. 대학원에 가 있는 동안, 그러니까 유튜브 영상을 올리지 않거나 드물게 올리는 동안 나는 사람들의 머릿속에서 잊힐지도 모른다. 방송과 원고는 줄어들고 강연 섭외도 줄어들지 모른다. 겨우 안정을 찾은 줄 알았던 삶을 다시 시작해야 할지도 모른다. 유튜브를 하기 전 지겹고 지겹던 불안의 시간을 나는 잊지 않고 있다. 이것은 배를 곯을지도 모른다는 정도의 완전한 불안이 아니기에 어느 정도 기만적이지만, 그렇다고 미래에 대한 아무런 걱정 없이 편안하게 선택할 만한 정도의 것도 아니다. 진은영의 시 「대학 시절」을 닳도록 읽으며 지긋지긋한 아르바이트를 하던 때가 그리 멀리 있지는 않다. 하지만 뭐 어쩌겠는가? 불안은 익숙한 나의 집, 불안을 이겨내지 못하더라도 어쩔 수 없다.

재채기하듯 메일을 썼다. 그 시점이 됐다는 생각이 들었다. 가야 했고, 이제는 갈 수 있었다. 나는 돈과 시간을 쓸 준비가 되어 있었다. 잠들기 위해 침대에 누웠다가 갑자기 박차고 일어나 노트북을 열어 교수님의 메일 주소를 입력한 뒤 덜덜 떨며 타이핑을 했다. 안녕하세요, 저는 김겨울이라고 합니다…… 면담을 하고, 원서를 넣고, 자기소개서를 쓰고, 연구계획서를 썼다. 메일을 보낼 때의 다섯 배 정도를 떨면서 구술 면접을 봤다. 그렇게 5년 전에 썼던 댓글은 현실이 됐고, 나는 부족해도 한참 부족한 학생이 되어 강의실에 앉아 있다. 때로는 자신의 무지에 머리를 쥐어뜯으며. 때로는 읽어야 할 자료의 양에 허덕이며. 때로는 수업 중 오가는 이야기에서 말로 다 할 수 없는 즐거움을 느끼며.

"너는 누구니?" "세계는 어디에서 생겨났을까?" 나는 읽고, 읽고, 읽고, 또 읽으며, 생각하고 쓰고 생각하고 쓴다. 더 이상 세상을 생각하며 울지 않지만 세상의 무한함에 여전히 매료된다. 세상을 보는 안경들은 내내 흥미롭다. 나의 자리는 어디일까, 땅을 더듬어가며 짐작해본다. 나의 쓰임이 이곳 언저리에 있지 않을까 어림해보며. 삶에 저울이 있다면, 저울이 있어서 불안이며 열정이며 경력 같은 것을 놓고 셈이라는 것을 할 수 있다면, 내 삶의 저울은 큰 바다를 향해 힘껏 기울었다. 아무도 쓸모를 묻지 않으나 인간이기에 포기할 수 없는 질문으로 가득 찬 바다로. 이곳에 잠겨 질식하더라도, 나보다 큰 이곳에서 나는 기꺼이 웅크린다. 몹시 행복하다.

{ }

음악도시 위로 흐르는 원더풀 라디오

타임머신을 탄 줄 알았다. '힙'하다는 거리에 나갔더니 절반은 크롭 티셔츠에 오버사이즈 팬츠, 절반은 시티보이룩이다. 절반은 솔직히 좀 과장이고, 하여간 중요한 건 90년대 유행하던 아이템들이 돌아왔다는 사실이다. 뉴진스는 거의 이상화되어 돌아온 90년대의 화신 같은 모습을 하고 있고 리Lee며 겟유스드Get Used 같은 패션 브랜드들이 쇼핑몰에서 활발히 팔린다. 이게 무슨 일이람? 90년대에 어린아이이긴 했지만 그래도 갑자기 과거로 돌아간 것 같아 재미있다.

이왕 시간을 돌릴 거라면 이것도 같이 돌려주면 좋을 텐데. 서민들의 24시간을 책임져주던 '콘텐츠', 틀면 늘 거기에 있던 우리의 위로, 함께 울고 웃으며 삶의 고단함을 나누던 기쁨, 라디오 말이다. 여성시대, 싱글벙글쇼, 정오의 희망곡이 있고, 음악캠프와 음악도시와 별밤이 있고, 고스트스테이션과 윌슨과 다시 아침의 파워타임이 있었다. 라디오는 단 한시도 쉬지 않고 곁에 있었다. 지금 이 시간 누군가가 스튜디오에서 이야기를 들려주고 있고, 누군가는 그 스튜디오에 이야기를 보내고 있고, 다시금 그 이야기를 어딘가의 누군가들이 함께 듣고 있다는 사실이 얼마나 큰 위로가 되는지는 경험한 사람만이 알 것이다.

나는 정말 말 그대로 울고 웃었다. 학교 수업 시간에 몰래 컬투쇼를 듣다가 웃고, 아침에 알람처럼 듣던 굿모닝 FM에 삼행시 문자를 보냈다가 소개가 되어 웃었다(정확히는 그 덕에 문화상품권을 받아서 웃었다). 매일 독서실에서 듣던 푸른밤의 DJ가 바뀐다는 소식에 마지막 방송을 들으며 펑펑 울고, 너무 좋아하던 게스트가 그만 나온다길래 음악도시를 듣다가 또 울었다. 지금도 잊을 수 없는 것은 내가 울던 때 같이 울며 나누던 친구와의 문자 같은 것들이다. 야, 나 지금 이 노래 들으면서 울고 있어. 야, 나도 너무 많이 울어서 정신이 없다. 지금도 제임스 모리슨의

〈You Give Me Something〉을 들으면 순식간에 그 밤으로 빨려 들어간다.

학창 시절의 하루하루는 끔찍하리만치 천천히 흘러갔다. 매초를 바늘로 찌르는 것 같은 시간이 영원처럼 흘러가는 바람에 원래의 몇 배가 되는 시간을 살고 있다고 느꼈다. 그래서 더 간절히 라디오에 매달렸다. 그러니까 라디오는 오늘 하루가 또 흘러가고 있다는 증거였다. 아침 6시가 지나면 8시가 온다. 8시가 지나면 10시가 온다. 오후 2시가 지나면 4시가 오고, 저녁 7시가 오고, 밤 10시가 오고 마침내 12시가 온다. 라디오는 착실하게 시간이 흐르고 있음을 알려주어 나를 안심시켰다. 그 시간 동안 어딘가에 사는 누군가들이 나와 비슷하게 하루하루를 넘기고 있다는 사실도 나를 안심시켰다.

우리가 잃고 있는 것은 동시성의 감각이다. 같은 시간에 같은 이야기를 나누는 일. 같은 세상을 공유하는 일. 더 이상 텔레비전 프로그램은 50%의 시청률을 기록할 수 없다. 100만 구독자를 보유한 유튜버도 누군가에게는 전혀 모르는 사람이다. 트위터에서 하루 종일 회자되는 사건이 페이스북에서는 잠잠하고 지상파 방송에 나오는 사람이라고 해서 유명세를 보장받을 수 없다. 현재의 '유행'이란 주류로 분류되는 몇 개의 매체에 동시에 노출될 때에만 간신히 성립하는 종류의 것이다. 그러기 위해서는 거대 자본이 필요하기에 기업이 유행을 주도하기는 더욱 용이해진다. 벤야민은 자본주의를 하나의 새로운 종교로 해석하며 유행이란 이 종교를 유지시키는 제의祭儀와도 같다고 보는데, 이 새로운 종교의 화신과도 같은 거대 자본은 자기 입맛에 맞는 제의를 계속해서 규정할 수 있다. 말하자면 현재의 유행이란 동시성의 감각이 존재하는 것처럼 속이는, 만들어진 감각일 수도 있다.

물론 모든 사람이 같은 프로그램을 보고 같은 연예인을 좋아하고 같은 옷을 입고 다니는 것만큼 섬뜩한 일은 없을 것이다. 이런 세상 속에서는 반대로 모두가 획일화의 틀에 갇힐 것임을, 결국 그 틀을 깨야 할 것임을 줄줄이 부연할 필요가 있을까. 다만 바라건대 그리운 것은 서로 다른 우리가 같은 시간에 같은 세상에서 존재한다는 감각이다. 매일 같은 시간에 DJ들이 그 자리에 있었기에 나는 또 한 번 돌아오는 하루의 짐을 조금 나눠 질 수 있었다. 혹은 적어도 그렇게 믿을 수가 있었다.

학창 시절 듣던 라디오 방송국에 매주 출근하는 지금, 스튜디오에 들어가는 발걸음이 새삼스럽다. 바로 이곳에서 — 물론 그때는 상암이 아닌 다른 곳에 스튜디오가 있었지만 — 그 무수한 시간이 나에게 다가왔구나. 이래서 그렇게 DJ들이 여긴 아무것도 없어요, 정말 우리랑 마이크밖에 없어요, 라고 했구나. 이렇게 우리와 마이크만 있는 공간을 채운 것은 오로지 사람들의 이야기였구나. 옹기종기 모여 있는 방마다 사람들이 서로 다른 표정을 하고 즐거운 이야기를 하는 모습이 비친다. 말소리는 들리지 않지만 그래서 더 정겹다. 지금 흘러나오는 저 생방송, 어딘가에서 누군가들이 또 듣고 있겠지.

꼬박꼬박 내 방송을 들을 청취자들을 떠올려본다. 일요일 아침 6시 5분에 듣지 못해도 다시듣기로 어딘가에서 시간을 나눠 지고 있을 사람들을 생각한다. 홈페이지로, 문자로, 앱으로 사연을 보내는 사람들의 풍경을 생각한다. 내 목소리가 그들에게 어떻게 가닿고 있을까, 내가 느꼈던 것처럼 조금은 위로가 될까, 궁금해하고 또 걱정하면서. 우리의 웃음과 한숨 속에서 우리가 진 짐이 조금 가벼워질 수만 있다면, 바라면서.

CARLING
Black Label
LAGER
Worthington
1664
Kronenbourg

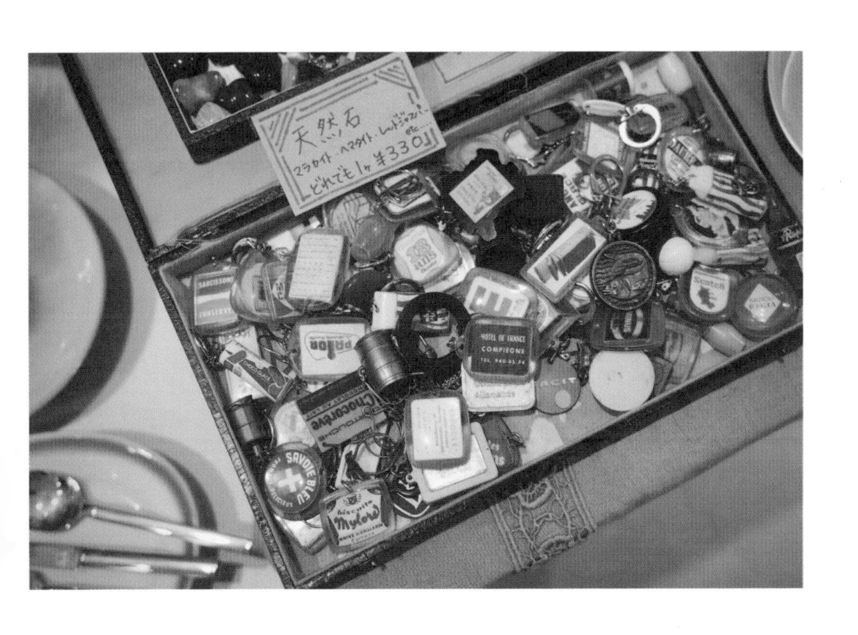
天然石
マラカイト、ヘマタイト、レッドジャスパー etc...
『どれでも1ヶ¥330』
HOTEL DE FRANCE
COMPIEGNE
SAVOIE BLEU
biscottes
Mylord

{ }

준비가 무의미해질 때

아홉 살 때 피아노 콩쿨에 나갔다. 원장 선생님은 엄마를 몇 번이고 설득했다. 나는 아홉 살이었으니까, 무슨 말로 설득을 했는지는 잘 모른다. 그때 원장실의 분위기만 희미하게 남아 있다. 원장 선생님의 간곡한 권유와 엄마의 마지못한 오케이 사인 같은 것들. 그렇게 콩쿨 준비가 시작되었다. 콩쿨이 열리기 세 달 전이었던가 두 달 전이었던가. 지금도 기억난다, 모차르트 소나타 17번 K570. 내림나장조 선율로 시작되는 깔끔하고 섬세하며 아름다운 곡.

그날부터는 학교를 마치고 바로 피아노 학원으로 가 매일 네 시간씩 연습을 했다. 중간중간 담당 선생님께 레슨을 받고, 원장 선생님 댁에 가서 직접 레슨을 받기도 했다. 내가 곡을 치면 원장 선생님은 옆에서 멜로디를 따라 부르고, 여긴 담대하게, 그렇지, 여긴 조금 더 노래하듯이, 빨라지지 말고, 같은 말을 우아하고 커다란 목소리로 외치곤 했다. 연습할 때는 연습실에 틀어박혀 같은 곡을 몇 시간이고 쳤다. 질리지도 않았다. 콩쿨이 뭔지도 몰랐지만 아무튼 남들 앞에서 연주를 한다니 들뜨고 설렜다.

콩쿨이 2주 앞으로 다가왔을 때 당황스러운 소식이 날아들었다. 콩쿨에서 발표한 기준 곡에 맞추어 곡을 바꿔야 한다는 소식이었다. 원래 연습하던 모차르트 소나타는 그날로 폐기되었다. 새로 준비하기 시작한 곡은 클레멘티 소나티네 12번이었다. 처음 보는 곡을 처음부터 연습하기 시작했다. 악보를 보고 악상을 익히는 데에만 며칠이 걸렸다. 거기서 해석이 손에 붙도록 능숙해지기까지 시간이 필요할 터였다. 콩쿨을 겨우 2주 앞둔 상황에서 곡이 바뀌다니. 그동안의 몇 달은 갑자기 의미 없는 시간이 되었다. 원장 선생님도, 담당 선생님도 모두 당황했지만 나는 별 생각이 없었다. 뭐, 새로 하면 되지. 그건 아마 내가 아홉 살이어서 가능한 생각이었을 것이다.

준비가 무의미해졌을 때, 그동안 들인 노력과 시간이 아무런 보상도 받지 못하게 되었을 때, 인생의 어느 한 부분이 갑자기 의미를 잃고 공허한 구멍으로만 남게 되었을 때, 우리는 허송세월을 보냈다고 말한다. 그 시간을 아까워하며 뭐라도 했으면 좋았을 것이라 아쉬워하고, 어떤 부모들은 자식의 등짝을 때리면서 그 시간을 타박할 것이다. 내가 콩쿨을 준비한 시간은 정말로 아무것도 아니었던가?

스무 살이 되자마자 기타를 샀다. 스물세 살에 처음으로 곡을 썼다. 싱어송라이터를 해보겠다고 곡을 쓰고, 홍대 부근의 공연장을 돌며 수도 없이 공연을 하고, 디지털 싱글을 내고, 데모 앨범을 내고, 팀원을 구해 곡을 쓰고 녹음을 하고 미니 앨범을 냈다. 그리고 몇 개 레이블에 데모 앨범을 보냈으나 어떤 레이블에서도 나를 캐스팅하지 않았다. 몇 개의 공모전과 지원사업에 도전했으나 대부분 떨어졌다. 그렇게 무엇이 되었는가? 나는 유튜버 겸 작가가 되었다. 요새는 그 두 가지 커리어로 바빠 곡 작업과 공연을 하지 않는다. 그렇다면 프로페셔널 싱어송라이터가 되기 위한 '준비' 시간은 허송세월이었나.

내가 유튜버가 될 수 있었던 것은 라디오 DJ를 하면서 방송의 매력을 느꼈기 때문이었고, 라디오 DJ를 할 수 있었던 것은 싱어송라이터 생활을 하다가 알게 된 뮤지션의 소개를 통해서였고, 싱어송라이터 생활을 하게 된 것은 스무 살이 된 후 허송세월로 기타나 튕긴 탓이고, 그렇게 기타나 튕기다가 작곡을 할 수 있었던 것은 어린 시절 피아노를 배운 덕이며, 그렇게 아무런 의미 없이 흘러간 콩쿨 준비의 시간은 오랜 숙성을 통해 지금의 김겨울이라는 인간을 만들어냈다. 하루에 네 시간씩 연주를 준비하는 그 시간이 없었더라면 무대의 설렘도, 음악의 즐거움도, 마치 DNA에 새겨진 듯 가지고 있을 수 없었을 것이다. 그것은 무의미한 준비의 마법이다.

그래서 콩쿨은 어떻게 되었느냐고? 상을 받긴 받았지만 여러 사정으로 곧 피아노와는 작별을 고했다. 그럼에도, 그럼에도 불구하고, 그 무의미했던 준비의 시간은 아주 사소한 순간까지도 지금의 내가 되어 있다. 글을 쓰는 이 순간까지도, 하나의 글감이 되어.

{ }

이상적인 경청의 세계

향유는 시간을 필요로 한다. 우리가 무엇이든지 예술로 얻고 싶다면 그만한 시간을 기울여야 한다. 책으로 진입하는 머리글을 읽을 인내심과 스크린 앞에 꼼짝 않고 앉아 있는 두 시간을 내놓아야 한다. 그래서 어색한 분위기와 초조함과 마법 같은 이끌림과 불현듯 다가오는 슬픔 같은 것들이 몸을 통과하도록 두어야 한다. 우리가 아무것도 내놓지 않는다면 작품 역시 아무것도 내놓지 않을 것이다. 요약된 소설과 압축된 영화와 후렴만 있는 음악은 심장에 도달할 힘을 잃을 것이다. 예술의 경험이란 작가와 향유자가 시간을 함께 견디는 경험이다. 그리고 그것은 정확하게 삶의 경험이다.

꼭 예술로 뭔가를 얻어야 하냐고 물을 수도 있다. 그런 경험 하나 없이도 잘 살 수 있다고 말할 수도 있다. 반론은 타당하다. 우리는 잘 먹고 잘 살 수 있다. 그러나 먹고사는 이상의 삶이 존재하지 않는다고 말할 수 있는가. 이 질문에 그렇다고 답하는 사람만 남아 있는 세계에서 살고 싶다고 말할 수 있는가. 시간을 견디는 경험이란 삶의 모든 순간을 받아들이고 의미 없는 삶에 의미를 부여해보려는 노력이며, 흘러가는 감정에 집중하고 타인의 경험에 귀를 기울이는 시도다. 그 모든 시도와 노력이 인간을 인간답게 만드는 데에 기여한다고 나는 믿는다. 인간은 다른 인간과 상호작용하는 속에서만 자신의 몸 밖으로 나가볼 수 있다. 누구든지 태어나서 해볼 수 있는 경험보다 해보지 못하는 경험이 까마득하게 많기에 우리는 함께 있을 때만 서로를 보완할 수 있다. 그래서 함께 시간을 견디는 사람들, 혹은 예술만이 서로의 연장延長이 된다.

바라건대 진심으로 경청하는 사람들의 세계에서 살고 싶다. 판단을 잠시 멈추는 사람들의 세계, 상대방의 삶에 자신의 상을 욱여넣으려고 들지 않는 사람들의 세계, 복잡함을 인정하는 사람들의 세계. 세 줄 요약만 듣고 홀연히 사라지지 않는 이들의 장황한 말을 듣고 싶다. 한 명 한 명의 이야기가 물화되지 않는 소중한 순간을 목격하고 싶다. 물론 자본주의 사회에서 시간은 곧 돈이므로 우리는 고전 다이제스트와 '결말 포함 줄거리'와 '후렴구 모음'의 존재를 인정해야 한다. 그러나 하다못해 친구의 말조차 세 시간 이상 듣는 일이 적은 세상에서 그나마 우리 자신을 톱니바퀴로만 두지 않을 수 있는 몇 가지 방법이 있다면 그중 하나는 반드시 예술 경험일 것이다.

책 300페이지를 읽는 일. 40분짜리 피아노 협주곡을 듣는 일. 두 시간짜리 영화를 보는 일. 미술관 내부를 아주 천천히 걷는 일. 그러는 동안 나의 편견과 아집을 내려놓고 마음을 활짝 열어두는 일. 그럴 때 왠지 인류의 일원이 되었다고 느낀다. 표현하고 경청해온 사람들의 커뮤니티에 한 발짝씩 다가선다고 느낀다. 이 바쁜 세상에서 시간을 견디는 인내심이란 진화에 불리한 성정일지도 모르지만, 그럼에도, 그 인내심이 없다면 내가 꿈꾸는 다정한 사람들의 세계는 그 꿈의 흔적조차 파르르하게 사라질까 두렵다.

{ }

포착하기

2010년, 막 스무 살이 되었을 때, 친한 선생님이 문득 말했다. 너는 사진을 찍으면 잘 어울릴 것 같아. 나는 종종 블로그에 올라오는 선생님의 사진을 무척 좋아했다. 말없이 말하는 사진들이었다. 사람들의 지친 뒷모습, 누군가의 한숨, 피어오르는 연기, 짙은 그림자. 명과 암이 대조되는 흑백사진들 속에는 누구도 말하지 않았지만 누구든 말하고 싶었을 삶의 피곤함과 지루함이 진진하게 묻어났다. 카메라를 팔의 연장처럼 여기고 세상을 무심히 지나치지 않는 사람만이 그런 사진을 찍을 수 있다. 그런 어른이 될 수 있을까. 그때 막 산 아이폰 3GS로 사진을 찍었다. 블로

그에 한두 장씩 사진을 올리기 시작했고, 선생님이 가끔 감상을 달아주었다.

이듬해에는 선생님이 권한 기종의 카메라를 중고로 샀다. 흑백사진이 강점인 카메라라고 했다. 늘 가방에 들고 다니면서 눈에 들어오는 장면을 틈틈이 담았다. 어떤 장면은 포착해냈고, 어떤 장면은 손이 늦어 놓쳤다. 그렇게 길을 다니며 주름진 손과 쓸쓸한 뒷모습 같은 것들을 바라보다보면 한 번도 생각해보지 않은 누군가의 삶을 상상할 수도 있었다. 빛과 어둠이 무심코 교차하는 순간을 발견할 수도 있었다. 선생님은 여전히 이따금씩 댓글을 달았다. 사진은 시선이고, 대상과 배치와 정서가 만나는 순간이고, 본능처럼 손이 나가는 장면이고, 그렇게 찍힌 어떤 사진들은 아주 '사진적'이라는 말들을 아주 조금 이해하게 됐다.

미국에 다녀온 이후로는 사진이 뜸해졌다. 아주 가끔씩 몇 장의 사진을 올렸다. 카메라가 책상 한 구석을 지키게 되었을 무렵 집에 굴러다니던 필름 카메라를 들고 다니기 시작했다. 하지만 이전에 찍던 스타일의 사진은 조금씩 자리에서 물러났다. 여전히 세상을 바라보고는 있었지만 필름 카메라의 색감과 속도는 어둠 속의 연민을 찍어내는 데에 적합하지 않았다. 점점 사진을 찍는 빈도가 줄었고,

결국은 완전히 사진 찍기를 멈췄다.

사진을 아예 찍지 않았다는 것은 아니다. 나는 사진 모델이 되기도 했고, 핸드폰으로 음식 사진을 열심히 찍었으며, 친구의 모습을 담기도 했고, 셀카를 찍기도 했다. 하지만 그건 이전까지 내가 열심히 하고자 했던 '사진 찍기'는 아니었다. 내가 의식하고 있던 사진 찍기는 부지불식간에 모르는 이의 삶으로 쑥 들어가 그 혹은 그들의 일부분을 가만히 짚어내는 일이었다. 그에 비해 일상의 사진이란 너무도 개인적이어서 내가 추억을 복기하는 용도 말고는 별다른 용도를 지니지도 못했다. 나는 타인의 삶에 무관심해지고 있었다. 전공 서적이 아닌 책을 읽는 빈도가 줄어들었고, 이어폰 없이는 바깥을 나가지도 못했으며, 누군가가 맞이할 한순간을 포착하기 위해 카메라를 들고 다니지도 않았다. 그즈음부터 내가 글을 쓸 수 있는 사람인지를 의심하기 시작했다.

이것은 나쁘기만 한 변화였을까. 수전 손택의 그 유명한 말대로 사진을 찍는shoot 일은 총을 쏘는shoot 일과 같고, "누군가의 사진을 찍는다는 것은 그 사람을 범한다는 것이다. 사진은 피사체가 된 그 사람이 자신에게서 전혀 본 적이 없는 모습을 보며, 자신에 대해 절대 가질 수 없는 생각을 갖기 때문이다. 즉 사진은 피사체가 된 사람을 상징적으로 소유할 수 있는 사물로 만들어버린다. 카메라가 총의 승화이듯이, 누군가의 사진을 찍는다는 것은 살인의 승화이다. 그것도 슬프고 두려운 이 세상에 어울리는 부드러운 살인."• 어떤 의미에서 나는 타인의 삶을 내 마음대로 사각형의 모습으로 재단하는 일을 멈춘 것이나 다름없었다. 그것보다는 차라리 내 삶에 집중하는 것이 바람직하지 않은가? 세상을 나의 시선으로 담아두고 싶다는 큰 욕망보다 내 삶만을 복기하겠다는 소박한 욕망이 차라리 나을 수도 있지 않을까? 내가 뒷모습을 바라보며 상상한 타인의 삶은 어디까지나 나의 소망이 반영된 것은 아니었던가?

사진가로 일하는 지인은 이따금씩 사진의 일방성에 대해 이야기했다. 찍는 사람과 찍히는 사람의 비대칭적인 관계는 전복되지 않는다. 모델을 앞에 두고 그림을 그릴 때는 모델 역시 화가를 본다. 그러나 사진가가 피사체를 찍을 때 피사체는 카메라를 볼 수 없다. 요컨대 카메라에게 발가벗겨지는 만큼 카메라를 발가벗길 수 없다. 그것은 사람이 아니기 때문이다. 찍히는 사람이 아무리 능동적이어도 결코 뛰어넘을 수 없는 렌즈와 프레임의 벽. 결

• 수전 손택, 이재원 옮김, 『사진에 관하여』, 이후, 2005.

국 찍는 순간은 찍는 사람이 결정한다. 돈을 받고 사진을 파는 사진작가마저도 그렇다. 거리에서 찍는 사진이라고 다를 것은 없다. 그런 사진들은 삶의 진실을 드러내기도 하지만, 궁극적으로는 그 진실 역시 찍는 사람의 진실이다. 선생님 역시 이 문제로 고민하곤 했다.

내가 세상을 마음대로 재단하는 것이 바람직하지 않다면, 반대로 나를 완전히 비우고 타인을 이해하는 일은 폭력적이지 않은 진실을 보장할 수 있을까. 하지만 나는 자신을 비워내고 다른 인물을 채우는 일에 지쳐 연기로부터 떠난 사람을 알고 있다. 완전한 이해 역시 "살인의 승화" 일 수 있다. 아까와는 반대로 자신을 죽이는 일이라는 점에서 그렇다. 공감은 나와 타인이 분리되어 있고, 상대방이 적어도 이해할 수 있을 만한 의식 상태 — 최소한 상대방이 무생물은 아니어야 하니까 — 를 지니고 있다고 믿을 때 가능한 일이다. 우리는 완전히 이해받길 원하지만 동시에 자신을 죽이고 완전히 타인에게 공감하기를 원하지는 않는다.

사진은 타인의 한 단면을 박제하고, 연기는 타인의 온면을 나로 만들어버린다. 상대를 함부로 쏘는 것도, 나를 비우고 상대로 채워 넣는 것도 이토록 가망 없는 일이라면 대체 우리는 어디쯤 서 있어야 하는 것인지 의아해진다.

이십 대의 어느 시절, 한 친우와 아주 긴 손편지를 주고받았다. 사진을 전공했고 시를 좋아하는 친우였다. 우리는 서로 만나지도 않은 채로 아주 길고 솔직한 이야기를 나눴다. 불안에 대해, 어제 있었던 일에 대해, 진로에 대해, 편지지의 질감에 대해, 네 장째의 종이에서 많이도 어그러진 글씨체에 대해, 읽고 있는 시에 대해, 생각나는 모든 것에 대해 이야기를 나눴다. 그는 나에게 시집을 선물했다. 그가 편지에 써준 시를 내가 너무나 마음에 들어 했기 때문이었다. 그는 나에게 편지를 보낼 때마다 꼭 별도의 편지지에 시를 한 편씩 필사해서 함께 보냈다. 어느 시 하나 마음에 들지 않은 것이 없었다.

언젠가 그에게 보내는 편지에 사진의 운문성에 대해 썼다. 사진은 시 같고, 영화는 소설 같아요. 저는 사실 시를 잘 모르겠어요. 시를 잘 모르겠는데 사진은 재미있어요. 구체적인 내용은 기억나지 않지만 대략 그런 내용이었던 것 같다. 친우는 내가 사진과 시의 혈연 관계를 파악하고 있다는 점에 즐거움을 보였다. 그것은 사진과 시로 세상의 일부분을 포착해온 사람의 우애 같은 것이었을까. 그는 순간적인 이미지로 세상을 감각하는 데에 익숙하다고 했다. 어쩌면 정말 중요한 것들은 인과의 세계 밖에 있을지도 모른다고 그는 편지에 썼다. 우리에게 인과가 중요치 않다면, 우리는 서로의 불완전한 여러 모습을 기어코 연결하여 하나의 진실로 만들려 들지 않을 수 있을까. 사진에 박제된 단면에게 삶의 진실을 담보하는 부담을 안기지 않을 수 있을까. 타인에게 나를 낱낱이 이해해달라고 요구하지 않을 수 있을까. 그 어떤 것도 기워내거나 요청하지 않는 채로, 사건과 감정들을 있는 그대로 통과해보낼 수 있을까. 판단을 멈추고 잠시간 세상을 고요히 둘 수 있을까. 이것은 일종의 결벽일까.

나는 그가 보내준 시집으로 대학 시절을 났다. 판단하지도 관망하지도 않는 사람의 마음으로 한 시절을 날 수 있다. 나도 어떤 것들을 보냈을 테지만 생각이 나지는 않는다. 우리가 서로 아주 두툼한 편지를 주고받았다는 사실, 그리고 최선을 다해 서로를 위해 쓰고 읽었다는 사실만은 분명하다. 나와 그 사이를 오가던 수북한 편지 봉투를 생각할 때면 어떤 향수에 사로잡힌다. 그것은 서로를 완전히 이해하지도, 그렇다고 박제하려 들지도 않았던 관계에 대한 향수라는 것을 알겠다.

처음 샀던 사진기를 만지작거린다. 아무것도 쏘지 않고

무엇인가를 담을 수 있을지 궁금해한다. 가로세로를 재단하지 않고 사진을 찍기란 불가능하다. 나는 사진기를 바라본다. 눈으로 바라본다. 계속 눈으로 바라보기로 한다. 피사체 역시 나를 바라볼 수 있도록 무방비 상태가 되기로 한다. 아쉽지만 답을 얻을 때까지는 모르는 사람의 순간을 소유하지 않기로 한다. 대신 내가 알고 사랑하는 이들의 순간을 바라보기로 한다. 최선을 다해 바라보기로 한다.

60 天保山

めし
フクモタン焼
天ぷら
めし・みそ汁
大西
一花
けた下制限高3.3M

{ }

엽서-되기

길은 하나의 거대한 엽서처럼 보이기도 한다.

나는 이런 길을 본 적이 있다. 구렁이처럼 뻗어 있는 4차선 도로 양 옆으로 무성히 나무가 심겨 있고, 그린 듯이 맑은 하늘에 해가 쨍하니 걸린 이런 길은 관광공사의 홍보 영상이나 그림을 잘 그리는 어린이의 그림일기에 등장할 법하다. 회색과 초록색, 하늘색과 주황색. 너무 뻔하고 선명해서 비현실적인 어떤 풍경.

땀은 현실이다. 터질 것 같은 가방도 현실이고 주저앉

은 어깨도 현실이며 닳아가는 운동화도 현실이다. 걸음을 내디딜 때마다 비현실 속으로 현실이 턱턱 걸쳐 들어온다. 인도조차 없는 아스팔트로 된 도로에서는 열기가 뿜어져 올라온다. 머리 위에서는 한낮을 맞이한 늦여름의 해가 제 몫을 다하고 있다. 가방에는 3박 4일 치의 짐이 몽땅 들어 있다.

대중교통으로 갈 수 없는 박물관에 다녀오는 길이었다. 택시를 타고도 네비게이션에 올라 있지 않아 기사님에게 주소를 부르고 근처에 가서는 박물관에 전화를 걸었다. 도착한 박물관은 지어진 지 1년도 되지 않아 사람이 많지 않았다. 건물을 천천히 돌면서 큐레이터의 설명을 들었다. 백남준, 피카소, 안도 타다오. 박물관에 딸린 레스토랑에서 비싼 돈까스를 다 먹고 나서 남산만 한 가방을 짊어지는 나를 직원들이 힐끔힐끔 쳐다보았다.

나는 걷는다. 이곳이 제주라는 사실에 감격하며 걷는다. 그린 듯한 풍경은 매 순간 여기가 서울이 아니라는 사실, 삭막한 도시가 아니라는 사실을 상기시킨다. 발로 땅을 밟는 감각이 느껴진다. 여기서는 발이 땅을 밟을 수 있다. 무슨 짓을 해도 발이 떠 있는 것 같은, 도통 손에 잡히지 않는 서울의 삶을 생각한다. 그곳의 내가 혼란에 빠져 있고 어리숙한 실수를 반복하는 동안 이곳의 나는 무엇에든 준비가 되어 있다는 듯이 힘차게 걷고 있다. 옆으로는 몇 대 되지 않는 차가 지나가고, 이따금 바람이 불어와 땀을 식혀준다. 버스 정류장은 6.5km 정도 떨어져 있다. 이만하면 괜찮은 산책이지, 나는 생각한다.

2년 전에도 나는 같은 가방을 메고 있었다.

몬탁은 작다. 작은 다운타운이 있고, 등대가 있고, 해안이 있다. 예약해둔 호텔에 남산만 한 가방을 내려놓고 작은 가방을 챙겨 등대로 향했다. 나는 천천히 걷고, 등대를 바라보고, 벤치에 앉고, 글을 쓰고, 다시 걷는다. 뉴욕시에서 최초로 지어졌다는 등대는 아직 켜지지 않았지만 얼마 남지 않은 크리스마스를 기념해 약간의 장식이 되어 있다. 벤치에는 누군가를 기리는 글귀가 새겨져 있다. 바닥을 밟을 때마다 마른 잎의 바스락대는 소리가 난다. 몬탁을 배경으로 한 영화 〈이터널 선샤인〉을 떠올리면서 주인공처럼 노트에 글을 쓴다. "나는 왜 글을 쓰는가?" 몇 달을 보냈지만 여전히 적응할 수 없는 캘리포니아에서의 삶을 생각한다. 서울에서, 집에서, 한국에서 도망치는 일에 대하여 생각한다. 멀리서 서로의 사진을 찍어주는 사람들의 실루엣을 찍는다. 나의 어리석음과 과거에 대한 집착을 손끝과 발끝으로 흘려보낸다. 흔적을 남기려는 개처럼.

등대가 있는 작은 동산에서는 핸드폰조차 터지지 않는다. 작동하지 않는 공중전화 앞에서 혼란스러워하다가, 차를 타고 올라온 누군가에게 핸드폰을 빌려 택시를 부른다. 택시를 타고 내려가는 길에는 하늘이 자줏빛과 주황빛으로 물들어 있다.

몬탁에서 맨해튼으로 돌아온 다음부터는 마치 뉴요커가 된 것 같은 기분으로, 혹은 그렇게 보이길 바라는 마음으로, 무릎까지 올라오는 황토색 부츠를 휘적휘적 내저으며 걷는다. 몇 걸음 가지 않아 자꾸 등장하는 횡단보도를 능숙하게 무단횡단 한다. 여행자임이 드러나지 않을 법한 작은 가방 안에는 책과 노트, 카메라가 들어 있다. 부츠와 검은 코트, 무심한 비니, 손에 든 테이크아웃 커피는 나를 풍경에 스며들게 만든다. 지하철을 타러 내려가는 길에 누군가가 나를 붙잡고 길을 묻는다. 나는 "죄송해요, 저도 여행자라서요"라고 말하고 마저 계단을 내려간다. 그런 와중에도 나는 차이나타운에서 누군가의 뒷모습을, 소호에서 쓰레기통의 사진을 찍고 있다.

제주와 뉴욕에서 찍은 사진은 모두 엽서가 될 만한 그

런 것들이다.

이 모든 여행지에서의 산책은 현실을 비현실로 체험하기 위해 사력을 다하는 기망 행위다. 사람들은 그것을 알면서도 기꺼이 비현실에 자신을 내맡기고, 순간순간 들이켜 마시게 되는 현실의 순간들 — 습하고 뜨거운 공기, 잃어버린 지갑, 정리되지 않은 가방, 길을 찾느라 다 쓴 시간 — 을 급하게 낭만이라는 포장지로 둘러싼다. 자신의 현실로 돌아오는 순간 그곳의 현실은 곧 비현실이 된다는 것을 잘 알고 있기 때문이다. 그곳은 나의 터전이 아니기에 나는 손쉽게 그곳을 비현실로 만들 수 있다.

제주도 여행에서 만난 외국인 J는 자신이 문학을 전공했고 하루키를 좋아한다고 말했다. 지금은 대치동에서 영어를 가르친다고도 했다. 나는 그가 서울을 처음 보았을 순간을 상상한다. 고층 빌딩 사이로 뜨고 지는 해와 운치 있는 한강, 무심하지만 친절한 사람들, 영어로 된 안내판, 편리한 지하철. 그리고 그가 대치동에 터를 잡고 영어를 가르치면서 알게 되었을 것들을 생각한다. 카페마다 빼곡히 앉아 숙제를 하는 아이들. 바퀴 달린 무거운 가방을 끌고 다니며 편의점에서 끼니를 해결하는 아이들. 밤 10시가 되면 줄줄이 인도 앞에 세워지는 외제차들. 하나같이 혼이 빠져나간 것 같은 표정들. 그것들로부터 그는 제주도로 다시 떠나왔다. 만약 그가 제주도에 자리를 잡고 살게 된다면 어떤 것들을 보게 될까? 관광객이 휩쓸고 간 터전?

사실 나도 잘 모른다. 모르기 때문에 할 말이 없다. 협재바다와 용눈이오름 정도나 아는 나의 지식은 외국인과 크게 다를 바가 없다. 반대로 대치동은 꼬박 몇 년을 오가고도 산책해본 적이 없다. 목적지는 정해져 있었고, 우회는 허락되지 않았다. 모든 길에는 머릿속의 라벨이 붙어 있었다. 여긴 언어 학원, 여긴 수학 학원, 저긴 유일하게 담배가 뚫리는 곳, 저긴 친구가 다니는 학원, 저기는, 저기는…… 그곳에는 산책이 없다. 그곳에서는 아무도 산책하지 않는다.

날이 맑을 때면 종종 광화문과 서촌을 간다. 교보문고에 들러 책을 한참 동안 구경하고, 좋아하는 팟캐스트를 들으면서 경복궁역을 거쳐 서촌이나 인사동까지 천천히 걷는다. 눈에 보이는 미술관이나 갤러리에 들어가보기도 한다. 한복을 입고 사진을 찍는 사람들을 구경한다. 좋아하는 카페에 들러 커피를 마신다. 걸음마다 시간이 파스스 흩어지는 게 아주 마음에 든다.

그곳에는 으레 한국에 막 도착한 것같이 보이는 여행자들이 있다. 그들은 신기한 눈으로 목에 사원증을 건 직장인들과 신이 나서 수다를 떠는 무리들과 한없이 위로 솟은 건물과 그 옆의 낮은 기와를 구경한다. 나는 나의 산책이 그들의 눈에게로 가서 배경이 되는 순간을 직감한다. 그들은 스마트폰으로 풍경 사진을 찍는다. 서로의 사진을 찍어준다. 나는 그들에게로 가서 엽서가 된다. 그들의 엽서 속에서 여긴 무엇이 될까?

그러나 그것이 한 손에 필름 카메라를 든 나의 시선과 뭐가 그리 다를 텐가?

몬탁의 택시 기사는 1박만 하고 떠나는 나에게 너무 일찍 떠난다고 말했다. “내년에도 올 거야?” “그럴 수 있으면 좋겠네.” 이 대화를 나눈 지 정확히 10년이 됐다. 몬탁을 도는 내내 그 위로 〈이터널 선샤인〉의 장면들을 덧씌우던 나는 서울의 지극히 작은 구역에 터를 잡고 내 인생이나 아등바등하는 시민이 되었다. 그는 아직 몬탁에 살고 있을까. 몬탁에는 등대가 켜졌을까. 그 등대를 보고 항해하는 사람들이 있을까. 나는 미국 동쪽에 면한 바다 깊이에서 헤엄치고 있을 물살이들을 상상해본다.

우리가 서로의 엽서인 만큼이나 우리는 어디에선가 좌절해야 한다. 삶은 이어지고 현실은 포장되지 않는다. 여행지에서의 산책, 혹은 여행 같은 산책, 혹은 여행이기를 바라는 산책에는 모두 잠깐의 자기중심적 환상이 있다. 물론 환상 없이 우리가 어떻게 살아가겠냐마는. 나는 광화문의 길쭉한 건물들을 올려다보면서, 지금 저 안에서 움직이고 있을 사람들, 동물들, 그런 것들을 생각하고, 그런 것들을 구체적으로 떠올리기에는 턱없이 부족한 나의 상상력을 탓하면서, 머쓱한 마음으로 엽서의 일부가 되곤 하는 것이다.

{ }

완벽한 삶-책

책상 두 개와 바닥에 늘어선 책들을 바라보며 어떤 책이야말로 바로 지금 적합할지 고심한다. 한 권을 집어 들면 곧바로 다른 책이 시선을 잡아 끌고, 그 유혹에 넘어가자마자 바로 옆의 책이 소곤거린다. 뒤통수 쪽에서는 어제 본 신간 소식이 날카롭게 배달된다. 20분여를 고민하다가 겨우 두어 권을 고르는 것이 나의 최선이고, 시간이 없을 때는 전자책 단말기를 휙 집어 들거나 깜박 잊고 충전을 하지 않은 전자책 단말기를 슬피 바라보다 아이패드 미니를 들고 나가는 것이 나의 습성이다. 이런 주저함이 나의 우유부단함이라고 늘 생각해왔다. 그러나 실은 이것이야말로 책이라는 사물 그 자체의 속성이다.

겨울 님은 자기계발서를 왜 읽지 않으시나요? 영상에서 자기계발서를 거의 읽지 않는다고 하자 이유를 묻는 댓글이 몇 달린다. 한때는 자기계발서를 싫어했지만 이미 옛일이고, 자기계발서를 읽는 일이 나쁘다거나 무가치하다거나 하등하다고 생각하지 않으며, 요사이의 자기계발서는 그 스펙트럼을 넓혀 성공의 비법을 알려주는 책부터 삶의 습관을 바꾸도록 돕는 책까지 다양하다. 오히려 자기계발서를 읽는 일은 사회에 완전히 적응한 자, 혹은 적응하려는 자의 현명함을 드러내는 표식이 아닌가, 하는 것이 차라리 생계를 진지하게 고민하게 된 지금의 생각이다. 어릴 때는 그래도 『7막 7장』이나 『성공하는 사람들의 일곱 가지 습관』 같은 책들을 열심히 읽었다. 나에게도 세속적 성공에 대한 욕망이 없었다고 — 혹은 지금도 없다고 — 말할 수 없다. 그런 욕망이 전무한 사람이 얼마나 될까? 그럼에도 자기계발서에 손이 잘 가지 않는 이유는 단 한 가지인데, 그것은 자기계발서가 홀로 닫힌 세계이기 때문이다.

자기계발서는 어디로도 가지 않는다. 땅에 단단히 뿌리를 박고, 지금 이 순간 바로 여기에서 성취할 것을 주문한다. 이곳은 변하지 않는 너의 세계라고 확신시킨다. 바로 이곳에서 살아남아 적응할 것. 남들보다 더 열심히 일해서 더 많은 돈을 벌고 더 높은 자리에 오를 것. 땅을 바꿀 생각을 하기 전에 나무를 크게 키워낼 것. 그러나 그러한 요구는 때로 다음과 같은 말들로 들리기도 한다. 노래하지 말 것. 부정하지 말 것. 속삭이지 말 것. 땅에 붙은 것들을 무시하고, 뛸 수 있을 때 걷지 말 것.

이런 입장을 패배주의라고 멸시하는 사람들의 비웃음이 들려오는 듯하다. 그건 다 배부른 소리라고 꾸짖는 사람들의 목소리도 어딘가에서 들려온다. 그 모두에는 당연하게도 일말의 진실이 있다. 사회에 대한 불평만 늘어놓지 말고 지금 이곳에서 최선을 다하라는 말도, 배를 곯는데 노래할 시간이 어디 있느냐고 묻는 말도 타당하다. 그리고 그런 말들이 타당한 그만큼 삶은 노래해야 한다는 말 역시 타당하다. 삶을 깨부수어야 한다는 말도, 걷고 싶을 때 걸을 수 있어야 한다는 말도 마찬가지로 타당하다(또한 이러한 말을 할 수 있는 특권이 나에게 주어져 있음을 잊어서는 안 된다). 기어코 혼자 올라가야 하는가? 만약 모두가 죽도록 힘들지 않아도 아무도 배를 곯지 않고 다 같이 노래할 수 있다면, 그러한 삶을 지지할 텐가? 이 말이 불온하게 느껴진다면 그는 그 누구보다 지금 이곳에 강력히 뿌리내린 자다.

'고향 없는 인간'. 『책의 말들』의 에필로그에도 썼듯 나는 땅에 발붙이지 않은 모든 이를 스승으로 섬긴다. 고향이 없기에 미련을 가지지 않는다. 지금의 삶이 전부가 아니라고 말하는 사람, 우리가 처한 세계를 뒤집어보는 사람, 그래서 오로지 인간과 지구에게 더 나은 세상이 어떤 모습일지를 궁구하는 사람들의 뒤를 한 걸음 뒤에서 따를 수 있다면 나의 삶은 그것으로 족하다. 그러므로 지금 이곳에서 뿌리를 내리고 꽃을 피우라고 말하는 책보다 나를 멀리 데려가는 책을 원한다. 내가 아닌 사람, 여기가 아닌 곳, 지금이 아닌 때로 나를 데려가주기를. 그래서 나의 오래된 시야도 생각도 감각도 재편해주기를. 만나본 적 없는 사람과 겪어본 적 없는 일을 하게 허락해주기를. 이곳이 전부가 아니라고 말해주기를.

실제로도 이곳이 전부는 아니다. 우리가 사는 세계는 불과 100년여의 변화를 통해 질서 지어진 세계이며, 나의 생각은 불과 30년여의 경험을 통해 구성된 산물이다. 삶의 근본적인 조건은 한 번도 당연했던 적이 없다. 실제로 우리는 눈앞에 닥친 기후 위기를 목격하는 중이니 머지않아 또 다른 질서를 만들거나 받아들여야 할 것이다. 우리는 어디로 가게 될까? 아무도 그 답을 가지고 있지 못하지만, 그 답을 상상할 수 있게 해주는 지평은 너르게 펼쳐져 있다. 과거의 누군가가 시도해본 삶. 지금의 누군가가 상상하는 세계. 내 삶이 완전히 달라졌을지도 모르는 언젠가의 어딘가. 책 속의 그 무한한 감정과, 도시와, 길과, 본 적 없는 신체와 오래된 시와 슬픈 미래의 기억들…… 그리고 아마 우리는 폭염과 태풍과 폭우와 해수면 상승을 향해 가게 되겠지. 그리고 그런 세계에서 우리는 개인적인 성공에 대한 조언보다는 다른 것들을 필요로 하게 될 것이다. 다가오는 재난과 불안한 시국에서 서로를 믿기, 인내하기, 발맞추어 걸어가기.

책들 사이에서 왜 방황하는가? 왜 어떤 책을 집어 들다 말고 다른 책의 유혹에 넘어가는가? 그것이 책이기 때문이다. '지금 이곳의 나'가 아닌 모든 것이 책에 있기 때문이다. 더 많은 사람의 삶과 다가올 세상과 모르는 감정이 책에 있기 때문이다. 그래서 나는 이런 사람이 될지 저런 사람이 될지 이런 세계에 방문할지 저런 삶에 틈입당해볼지를 고민하고 고민하며 하루의 1/48가량을 기꺼이 쓴다. 그중 어떤 책도 한 권으로 완벽하지 않기 때문에, 한 권이 다른 모든 책을 장악하는 일 같은 건 일어나지 않기 때문에, 그것이 책이기 때문에 나는 기꺼이 불완전한 상상의 파편들 중 하나를 최선을 다해 고른다.

완전한 최후의 한 권을 찾는 사람에게 책은 별로 어울리지 않는 매체다. 한 권의 책이 "인간이라면 이렇게 살라"고 말할 때 다른 어떤 책은 "인간이라면 저렇게 살라"고 주문한다. 둘은 책의 세계에서 맞부딪힌다. 인생에 한 가지 정답이 있을 수 없듯이. 유일한 길이 존재할 수 없듯이. 삶에 최후의 정답이 없는 만큼이나 책에도 최후의 성배란 없다(물론 최후의 성배로서의 책이 존재하는 세계를 다룬 책은 있다). 한 책에서 다른 책으로 이행해가는 그 모든 과정에서 '읽는 사람'으로 존재하는, 그 연속적인 열린 과정만이 책의 경이를 담보한다. 그는 책과 책을 거치며 계속해서 다른 사람이, 더 넓은 사람이 되어간다. 이것은 단순한 '갈아타기'가 아니라 인간의 애석한 운명을 넘어 다른 이의 몸을 입어가는 '확장하기'의 과정이다. 그리고 '확장'은 필연적으로 홀로 성공하기보다 여러 삶을 끌어안기를 요청한다. 그렇기에 동일하게 맞부딪히는 주문 속에서 "인간이라면 모두를 제치고 성공하라"라는 주문은 유일하게 힘을 잃는 주문이 된다.

완벽한 삶이란 없듯이 완벽한 책이란 없으며 그렇기에 닫힌 삶/책이란 없고 우리는 늘 다음 삶/책을 지나쳐갈 뿐이다. 내일의 삶/책, 그다음의 삶/책, 다가오는 삶/책들을 그때그때 파도 타듯 넘어서면서. 예기치 않은 바닷물을 기꺼이 꿀꺽꿀꺽 마시면서. 누구의 삶에서나 남은 시간은 늘 줄어들고 있고, 한정된 시간 안에 더 많은 삶/책을 받아들이며 열린 세계의 자녀로 남아야만 한다. 마음의 경계를 새롭게, 새롭게 그리는 과정의 한중간으로서.

어쩌면 그 과정에서 몇 권의 자기계발서가 필요하게 될 것이다. 다가오는 위험 속에서 다른 이를 배려하는 법, 절망에 빠져 허우적대지 않는 법, 살아남으며 존엄을 지키는 방법, 서로에게 친절을 유지하는 방법…….

{ }

삶을 모르는 사람

"너무 행복해!"라고 말하곤 했다던 계미현•의 할머니 이야기나 친구의 집에서 푹 끓인 사골국을 선사받아 기운을 차렸다는 김혼비의 글••을 보며 충만해지고 또한 위축된다. 무언가 놓치고 있어. 나는 삶을 몰라도 너무 모르고 있다. 늘 모르는 무언가가 저기에 있다는 느낌, 손에 닿지 않는 따뜻함이 손끝에 걸릴 듯 부유하고 있다는 느낌, 내가 그것을 잡지도 못하고 알지도 못하고 바라지도 못하고 속지도 못하고 있다는 막연한 공포감. 어딘가 결여되어 있

• 시인이자 나의 친구.

•• 『다정소감』에서 읽은 글이다.

고, 나사가 하나 부족하고, 결정적인 부분이 비어 있는 것 같다는 느낌으로 살아왔다. 뒤늦게 삶을 겨우 알아가는 이의 밤은 매일같이 서늘하다.

팡 튀어 오르는 물줄기같이 살아본 때는 언제인가? 와하하 터지는 웃음에 마음 놓고 옷을 적실 수 있었던 기억을 하나둘 회상해본다. 하나, 둘, 그리고 하나, 둘. 십 대의 정전과 이십 대의 몸부림 속에서 가까스로 건질 수 있는 몇 개의 기억은 대체로 채도가 낮고 기운 따위 없다.

어떻게 그렇게 많은 일을 하며 그렇게 열심히 살 수가 있냐는 단골 질문 앞에서 나는 자신 있게 답한다. 저는 호기심이 많고, 결정을 빠르게 해요. 궁금하면 바로 도전하고 해보고 아니면 관둡니다. 네이버 지도 검색을 애용하세요. 그러면 업으로 글도 쓰고 유튜브를 하면서 DJ도 하고 피아노도 치고 춤도 추는 철학과 대학원생이 될 수 있습니다. 자주 하는 답은 정해져 있으니 그대로 말하기만 하면 된다. 그러나 이 대답의 끝에 남는 말줄임표를 들을 수 있는 사람이 객석 어딘가에 앉아 있지 않을까? 나의 답변은 '어떻게'에 대한 답이다. '왜'에 대한 답은 아니다. '왜'에 대한 답을 하고 싶어 하는 나를 숨겨두고 '어떻게'에 답하는 것이 경험 많은 프로페셔널의 요령이다. '왜'에 답할 차례이다. '어떻게'를 물은 사람도 실은 '왜'를 기대했을까?

'왜'에 대해 준비된 답은 진부하다면 진부한 것이다. 많은 이들이 증언하듯 죽음 앞에서는 많은 것을 알게 된다. 이를테면 지금 당장 삶이 끝나버리는 아득함이라든지, 그 허무함이라든지, 내가 진짜 원하는 삶이라든지, 최선을 다해 살아도 주어진 시간이 기껏해야 60년 정도라는 깨달음이라든지 하는, 오래된 교훈 같은 것들이다. 스무 살 이후의 삶은 흔한 표현을 빌려 '덤으로 주어진 삶'이다. 두 번째 삶을 살고 있으므로 미래를 위해 낭비할 시간이 없다. 단 하루도 빠짐없이 죽음을 생각하던 10여 년의 시간을 빠져나가며 나는 다짐했다. 절대로 절대로 절대로 껍데기에 삶을 바치지 말 것. 무슨 일이 있어도 영원히 삶을 지켜낼 것.

여기서의 삶은 과정으로서의 삶, 매일의 시간, 바로 그것이다. 어딘가 깃발을 꽂아놓고 그리를 향해 달려가느라 도달하는 결과 외에는 아무것도 의미가 없어지는 그런 것을 삶이라고 부를 수는 없다는 것이 나의 주장이었다. 삶은 바로 여기에 있고 그다음 몇 초간에도 있으며 바로 내일에도 있기 때문이다. 삶은 모든 때에 있으므로 매 시간 자신을 똑바로 바라보아야 한다. 그래서 나는 늘 내가 다른 무엇도 아닌 나 자신이 되기를 바랐다. 나에 점점 가까워지는 삶, 내가 아닌 부분을 줄여나가고 나인 부분을 늘려나가는 삶, 오래 걸리더라도 그런 삶을 살기를. 그럴 수만 있다면.

대학에 들어가자마자 나에게는 취업의 전망이 없으며 글과 음악에 남은 삶을 바치겠다고 했을 때 엄마는 황당하다는듯이 웃었는데, 그도 내가 진짜로 그렇게 이를 악물고 버틸 줄은 몰랐을 것이다. 결과적으로는 예상치 못한 지점에서 얼떨결에 일이 풀리긴 했어도 냉정히 평가했을 때 현실적으로 가능한 시나리오는 아니었다. 내가 정한 취업 데드라인은 스물아홉 살이었다. 하지만 그렇다고 해서 취업 후에 글을 그만 쓸 생각 따위는 없었다. 물론 취업을 못 해도 글을 그만 쓸 생각은 없었다. 이런 천둥벌거숭이 같으니, 천운이 따랐으니 얼마나 다행인지 모른다.

매일 또렷이 바라보며 묻는다. 무엇을 원하는가? (스무 살) 읽고 씀으로써 살아남고 싶다. (스물다섯 살) 읽고 쓰는 것밖에는 도리가 없다. (서른 살) 읽고 쓰며 인간의 생각의 집에 속한 아주 작은 티끌이 되기를 원한다. 그러므로 어떻게든 시간을 내어 읽고 쓴다. 무엇을 원하는가? (스무 살) 음악 곁에 살고 싶다. (스물다섯 살) 계속 음악을 만들고 싶다. (서른 살) 피아노의 소리 안에서 살고 싶다. 그러므로 어떻게든 시간을 내어 음악을 듣고 피아노를 친다. 무엇을 원하는가? 인류가 쌓아 올린 생각의 벽돌에 작은 티끌로 남고 싶다. 철학의 황홀경 속에서 살자. 무엇을 원하는가? 사람들이 덜 고통받기를 원한다. 후원처를 늘리고 고기를 먹지 말자. 무엇을 원하는가? 죽음 앞에서 진짜 벌거벗은 사람이 되었을 때 마지막까지 원할 것은 무엇인가?

이 질문 앞에 정면으로 서는 것이 내가 삶을 책임지는 방식이었다. 나는 마치 운동선수처럼 안으로 들어가는 훈련을 했다. 매일매일 들어가고 나오고, 들어가고 나오면서 핵심을 잊지 않으려고 발버둥을 발버둥을 쳤다. 그렇게 '나의 전문가'가 되었을 때 나는 반쪽짜리 삶을 가까스로 살게 되었다.

이십 대를 마치며 기운을 차리고 알게 됐다. 반쪽을 건졌다고 해서 '남의 전문가' 구역을 삶에서 도려내거나 완전히 포기할 수는 없다는 사실을. 사람을 모르는 사람은 삶을 모르는 사람이라고 생각하게 됐다. 내 안에는 수없이 많은 책의 사람들이 살아 숨쉬고 있으나 내가 분유받은 살아 있는 사람은 몇 되지 않는다. 대개 우리는 주변 사람들의 마음에 자신을 뚝 떼어다 나눠 주곤 하는데, 그렇게 나눠 받은 사람들의 합이 자기 안의 목소리가 되는 것이다. 내 안의 목소리는 작고 빈약하다. 내 안의 목소리는 겨우 두어 명 치밖에 안 된다. 다가오는 고통과 비명 앞에서 대차게 호통을 쳐줄 목소리가 그뿐이라, 지겨운 내 목소리를 크게 크게 내는 수밖에 없다. 그나마 다행인 점은 그 목소리 안에 무수한 책의 목소리가 함유되어 있다는 것이다. 그러나 여전히 턱없이 부족한 목소리.

거대한 뭔가를 놓치고 있었던 게 맞다. 손을 맞잡고 몸을 기대고 곁을 지키며 생각하는 법을 몰랐던 게 맞다. 사람과 사람으로 눈을 맞추는 법을 배우지도 훈련하지도 못해서 기껏해야 파멸적인 연애 관계에서나 할 수 있었던 게 맞다. 이런 것을 삶에서 제외한다면, 오로지 나에게만 골똘히 몰두한다면 삶에는 무엇이 남는가? 자신의 목소리만이 메아리치는 방 안에서 했던 말을 또 하고 했던 말을 또 하면서 어리석음만 훈련할 따름이다. 닿을 수 없을 것 같았던, 늘 결여되어 있다고 느꼈던 뭔가, 말하자면 웃음의 따뜻함이나 사람의 온기나 애틋한 다정함 같은 것을 늦게라도 훈련해야 한다. '고향 없는 인간'이라고 '사랑 없는 인간'이 될 수는 없는 노릇이다.

공포에 사로잡혀 방문을 걸어 잠그던 일을 청산해나가고 있다. 이제 막 삶을 배우기 시작하는 초보자의 어설픈 포복. 연극을 전공한 언니를 생각하곤 한다. 나를 깎아내어 남이 되어보는 그런 일을 언니는 도무지 어떻게 했던 걸까? 그런 숭고하고 끔찍하고 아름답고 절절한 일을? 친절하고 귀여운 언니에게는 나보다 훨씬 많은 사람이 들어가 있는 게 아닐까, 그래서 나 같은 '남의 멍청이'에게도 따뜻할 수가 있는 게 아닐까, 그런 생각을 하면서 언니가 농사지어 보내준 옥수수를 먹는다. 이제는 땅에서 뭔가를 만들어내기까지 하는 우리 언니. 손으로 만지고 몸으로 느끼는 언니. 나는 삶에 대해 아무것도 모르고 있지만, 언니가 보내준 옥수수를 김이 나도록 쪄서 먹는 맛은 안다. 그게 내가 가까스로 가늠할 수 있는 삶의 지혜. 삶의 생동. 삶의 기운.

{ }

삶을 좀 아는 사람

여름엔 아무렴 초당옥수수라고 생각했는데 그 기간은 채 2년밖에 되지 않았다. 급한 약속이라도 한 듯 찰옥수수로 급하게 선회한 여름의 입맛은 초당옥수수로 돌아갈 생각을 않는다. 어떤 독자는 나의 말(혹은 글) 덕분에 초당옥수수를 알게 되었고 덩달아 여름도 좋아하게 되었다는데 왠지 그분만 꼬셔놓고 혼자 쏙 빠진 것이 민망하기도 하다. 하지만 단맛을 좋아하지 않는 습성이 초당옥수수에까지 해당될 줄은 나도 몰랐다. 몸은 너무 쉽게 마음을 바꾼다. 작년 여름에는 꼬박꼬박 7시에 번쩍 깨던 몸이 이번 여름에는 언제 그랬냐는 듯 9시가 되어도 혼자 깰 생각을 않는다.

하지만 몸은 늘 그런 식이다. 세포는 계속 죽고 태어난다. 조금씩 편차는 있지만 1초에 380만 개의 세포가 교체된다. 하루에 3300억 개가 교체되고, 한두 해 정도가 지나면 몸 대부분의 세포가 교체된다. 나는 차곡차곡 바뀌온 나의 세포들을 자랑스럽게 여긴다. 이것들은 결단코 나지만, '나'는 조금씩 바뀌어왔다. 이 '나'는 저 '나'를 향해 착실하게 항해해왔다.

네이딘 버크 해리스의 책 『불행은 어떻게 질병으로 이어지는가』는 아동기에 겪은 불행과 성인기 건강 사이의 관계에 대한 책이다. 여기서 말하는 불행은 단순히 '나쁜 일'이 아니라 아동에게 벌어질 수 있는 치명적인 사건들을 말한다. 'ACE', 그러니까 'Adverse Childhood Experiences'는 직역하면 '아동의 역경 경험' 정도 된다. 아동기에 겪은 '유독성 스트레스', 즉 회복 가능한 수준의 스트레스가 아닌 신체적 반응을 반복적으로 마비시키는 강력한 스트레스 경험을 말한다.

ACE 지수가 높은 사람일수록 질병에 걸릴 확률이 유의미하게 높다는 게 책의 요지다. 인종이나 경제적 환경 등을 통제한 생물학적 지표만으로도 암, 심혈관질환, 뇌졸중, 자가면역질환(류머티즘, 제1형 당뇨 등) 등의 여러 질병에 걸릴 확률이 더 높다고 한다. 이를테면 "ACE 범주의 4가지 이상에 해당하는 사람은 ACE 지수가 0점인 사람에 비해 심장병과 암에 걸릴 가능성이 2배 높고, 만성폐쇄성폐질환에 걸릴 가능성은 3.5배 높다"고 쓰고 있다. 책의 말미에는 10점 만점으로 된 자가 평가 문항이 실려 있다. 나의 ACE 지수는 4점이다(하지만 한국에서 ACE 지수가 0점인 사람이 얼마나 될까?).

어린 시절의 왜곡을 감안하더라도, 나는 여러 운 나쁜 사람들과 마찬가지로 너무 일찍 삶의 이면들을 알게 되었다. 너무 오랜 시간이 흐른 지금에 와서 나는 나의 기억들이 과연 현실이었는지를 의심하기도 한다. 오래된 고통의 기억은 흐린 유리창 너머의 풍경처럼 어지럽다. 저 풍경이 정말 사실일까? 저것이 그럴 수가 있나? 그러나 다시금 내가 써둔 글을 보며 그것이 현실이었다는 사실에 놀란다. 흔적은 곳곳에 남아 있다. 나는 진공청소기 소리를 싫어한다. 폐쇄된 공간에서 큰 소리로 음악이나 동영상을 트는 것을 싫어한다. 한식을 즐기지 않는다.

하지만 그렇다고 해서, 물론 앓게 되더라도 어쩔 수는

없지만, 내가 꼭 암이나 심혈관질환을 피할 수 없이 앓아야만 한다는 뜻은 아니다.

좋아하는 유튜브 채널을 작게 틀어둔 채 눈을 감고 내일 아침 요거트에 뭘 넣어 먹을지 생각하다가, 문득 터무니없는 행복을 느꼈다. 울며 자해를 하거나, 자다가 환청을 듣고 깨거나, 다시 잠들지 못해 새벽을 뒤척이거나, 내일이 오지 않기를 기도하지 않고, 가만히 누워 오지 않는 잠을 기다리며 내일 아침의 요거트를 생각할 수 있다는 것이. 영원처럼 반복되던 긴 시간을 버텨서 이런 날이 오기로 했다는 것이. 이것을 알려줄 수 있었다면 좋았을 텐데. 그러나 모르고도 울기를 멈추지 않았기에 오늘이 왔다는 사실을 오늘의 나는 알고 있다.

매일 아침 꼭꼭 씹어 먹은 요거트와 그래놀라가, 조용한 집에서 오랜 시간 쪄낸 찰옥수수가, 밤을 기다리며 천천히 우려낸 차가 나의 세포를 바꿔왔다. 멀쩡한 사람으로 살기 위해 할 수 있는 모든 일을 했던 시간들은 이제 가벼운 추억의 소재가 된다. 사람처럼 보이려고 했던 노력들은 이제 기워낸 자국조차 흐려지고 있다. 이를 갈며 악에 받쳐 살던 사람은 이제 조용히 잠들어도 좋다. 나의 세포는 수천 억 번이고 교체되고 있고 영원히 고여 있을 것만 같던 시간도 기운을 내며 흐른다.

모두가 그럴 수 없다는 걸 안다. 어떤 점에서 나는 운이 좋았다. 나의 여러 특질들은 나를 바닥까지 끌고 갈 만한 것들이었지만 그만큼 다시 끌어올릴 힘을 지닌 것들이기도 했다. 이슬아와 이훤과의 대화에서 우리는 이것이 '무인의 성정'이라는 점에 합의했다. 나는 뒷산을 뛰어다니고 창을 멀리 던지는 무인처럼 버텼다. 복수를 다짐하는 무인처럼 이를 갈았다. 그리고 그 마음을 잊지 않고 밥을 챙겨 먹고 커피를 몸에 부어서 운 좋게 터널을 빠져나왔다. 어쨌든 살아내는 모든 사람은 결국 살아내는 사람이 된다는 것을 알게 됐다.

서른 살에 쓴 「고백」이라는 글에 나는 이렇게 썼다. "이제는 삶을 끌어안고 분투하느라 보낸 이십 대를 홀가분한 마음으로 떠나보내려 합니다. 이십 대가 자신의 소임을 다 한 덕에 조금은 편안한 마음으로 어린 시절을 받아들일 수 있게 되었습니다. 물론 그 모든 것은 사라지지 않을 테지요. 침대맡에도 주머니 속에도 달라붙어 있겠지요. 끈질기게 저를 괴롭힐 것입니다. 그럼에도 불구하고, '새로운 삶이란 없고 언제나 예전의 삶을 계속 이어갈 뿐'•

• 임레 케르테스, 박종대, 모명숙 옮김, 『운명』, 다른우리, 2002.

이므로, '무엇이든 무마할 시간이 있다는 건 큰 위로가 됩니다.'• 계속 무마해보겠습니다." 무마의 약속은 곧 도전의 약속이다. 새로운 삶으로 나아가려는 사람, 실패하는 사람에게만 무마란 존재할 수 있기 때문이다. 실패와 무마의 순환 속에서 항해는 이어진다.

• 김겨울, 『유튜브로 책 권하는 법』, 유유, 2019.

{ }

4000주

아침에 일어나 커튼을 걷는다. 침대를 정리하고 창문을 열어 환기를 시키고 밀대에 청소포를 끼운다. 창문 쪽에서부터 집 안쪽까지 꼼꼼히 밀대로 먼지를 훔치는 동안 열린 창문에서 들어오는 바람이 차다. 아직은 추운 아침이라고 생각한다. 이 추운 아침이 언제까지 지속될지 궁금해한다. 그것은 50년이 될까, 혹은 3년? 1년? 한 달? 미몽에서 헤매는 나를 잡아 깨우는 차가운 아침이 언제까지 각성제가 되어줄 수 있을지 의심한다. 하루씩 나이를 먹는 나의 정신과 시시각각 녹아내리는 빙하와 날이 갈수록 게을러지는 나의 몸이 언제고 나를 침대에 붙잡아둘

것을, 그리하여 아무런 생각도 후회도 않고 미끄덩거리는 벌판에 누워 그 반짝임이나 찬미할 것을 상상한다. 나는 섬뜩한 마음이 되어 청소를 마치고 창가에 서서 찬 바람을 마신다.

아침 식사 시간은 그 누구에게도 양보할 수 없는 충만의 시간이다. 과일이며 빵이며 하는 간단한 것들을 준비해 책상에 앉는다. 독서대에 끼워놓은 잡지를 책상 위에 올린다. 한 입씩 천천히 먹으며 새로운 것들을 머릿속에 넣는다. 과학 잡지일 때도 있고 철학 잡지일 때도 페미니즘 잡지일 때도 책에 대한 잡지일 때도 있다. 이번 호의 주제는 죽음이다. 천천히 먹는다. 음식도 글도 차근차근 머릿속에 넣는다. 아침 바람이 깨운 정신에는 글이 잘도 들어간다. 밤새 굶주리고 허기졌던 몸과 정신이 새로운 것으로 가득 찬다. 익숙하고 지겨운 생각이 신나게 박살 난다. 나는 몇 개의 구절을 두세 번 되뇌며 빼먹은 재료 같은 것을 찬장에서 꺼내 온다. "사랑을 두려워하는 것은 삶을 두려워하는 것이고, 삶을 두려워하는 사람은 이미 거의 죽은 상태다."• 근사한 철학자들의 문장을 오물오물 씹어본다. 나는 거의 죽어 있나?

• 버트런드 러셀의 말이다.

아직은 완전히 죽지 않았으므로 매일 아침 '작은 죽음'에서 깨어나는 일을 축하할 수 있다. 무사히 깨어났고 깨어난 것에 비탄을 느끼지 않았으므로 이것은 성공적인 부활이다. 아침에 눈을 뜨는 일이 비탄스럽게 느껴지는 경험에 대해 잘 알고 있다. 아침을 사랑하게 된 것은 기적이라고 말해도 좋다. 축하 만찬은 한 시간가량 이어진다.

죽은 이가 인사받지 못하고 죽은 이를 떠나보내지 못하는 요즈음의 죽음이란 얼마나 쓸쓸할지 생각한다. 늘 곁에 있던 죽음이 우리 곁을 떠난 시대를 우리는 현대라고 부른다. 죽음은 대체로 병원과 장례식장의 것이다. 하이데거는 무슨 수로 죽음으로 달려나가라고 한 것일까, 그는 죽음을 보았을까, 죽음을 보는 사람들은 절망 때문에 자신의 죽음을 지근거리에서 보거나 불행 때문에 타인의 죽음을 목격하게 된다는 것을 알았을까, 그 외에 죽음으로 달려나가는 방법 같은 것은 없다는 것을 몰랐을까, 나는 이미 죽은 철학자를 붙잡고 죽음을 해명하라고 나선다. 하이데거는 죽음으로의 선구를 통해 지금 살고 있는 삶을 돌아보라고 했다던가. 경외와 불안 속에서 자신의 발가벗은 모습을 깨달으라고 했다던가. 끝으로 미리 달려나가기. 끝의 관점에서 돌아보기. 하지만 삶 속에서 죽음을 실감하기에 그래서 완전히 스스로를 발가벗기기에 우리는 대체로 너무 안전하다.

마지막 아침 식사가 언제일지 가늠해본다. 앞으로 나에게 남은 축하 만찬은 1만 8천 번 정도 된다. 아무 일도 일어나지 않는다면. 갑자기 교통사고를 당하거나 불치병에 걸리지 않고 가만히 늙는다면 1만 8천 번 정도는 작은 부활을 축하할 수 있다. 많으면 2만 번 정도 될 테지만 그 정도의 축하는 필요하지 않다. 그보다 짧게 잡는다면 한없이 짧아질 수도 있다. 어쩌면 단 한 번의 아침 식사가 남아 있을지도 모른다. 혹은 죽음이 다가오기 전에 내가 죽음에 다가갈 수도 있다. 아직은 모를 일이다. '작은 죽음'이 아니라 '큰 죽음' 그러니까 유일한 죽음이 다가오면 지체 없이 맞이해야 한다. 죽음을 맞이할 때는 아침의 찬 바람이 깨운 서늘하고 명징한 정신이었으면 한다. 매일같이 축하한 작은 부활의 순간처럼 날카로웠으면 한다. 죽음 앞에서마저 미몽에 사로잡혀 있지 않았으면 한다. 무너지게 될까. 포기하게 될까. 신체의 고통 앞에서 다른 것은 모두 부질없어지게 될까. 나는 이토록 허약한데.

오늘 저녁에 죽더라도 완벽한 하루를 보내지 못했다고 너무 아쉬워하지 말기로 한다. 그게 내가 할 수 있는 최선이라고도 생각한다.

다 먹은 숟가락을 내려놓는다. 오늘도 기어코 몸에 연료를 공급하고 정신을 깨웠다. 이 풍요로운 만찬에 어울리는 하루를 준비해본다. 바짝 깬 정신으로 죽기 전 해야 할 일들이 있다. 약속들은 그 자리에 있고 나는 웃으며 하나씩 악수한다. 아, 그거면 됐어. 그거면 됐다.

{ }

밤 기차

하염없이 흘러가는 창밖을 보며 이 여정이 영원히 끝나지 않았으면 좋겠다고 생각한다. 이토록 안심되는 순간이 얼마나 있을까. 가만히 앉아 있으면 떠나온 여기는 저기가 되고 약속된 그곳은 이곳이 된다. 그러나 이동하는 사람에게 허락된 시간은 잠시뿐이고, 이 여정은 끝나야 한다.

기차의 도착과 출발을 알리는 기적 소리와 덜컹대는 소음, 어두컴컴한 가운데 희미하게 빛나는 플랫폼의 풍경에서는 리치몬드역의 냄새가 난다. 교환학생으로 데이비스에 살던 시절 친구와 샌프란시스코로 여행을 다녀왔다.

샌프란시스코에서 데이비스로 돌아가려면 바트BART라는 기차를 타고 리치몬드역으로 간 다음 암트랙Amtrak이라는 다른 기차로 갈아타야 했다. 실수로 암트랙 기차표를 다음 날로 예매했던 귀가길, 실수를 깨달은 순간 이미 밤은 깊었고 리치몬드역의 역무원은 퇴근한 뒤였다. 일단 타고 보자는 친구의 말에 덥썩 들어오는 기차를 탔다. 검표원에게 티켓 화면을 보여주자 그가 바코드를 찍었는데, 이상하게도(당연하게도) 찍히지 않자 고개를 갸우뚱하더니 그냥 타라고 했다. 안도의 한숨. 다행히 집에 잘 돌아왔지만 그 어둡고 조용했던 밤의 야외 플랫폼은 어린 날의 긴장과 초조함으로 남아 있다.

어째서 그 플랫폼의 기억은 이다지도 선명하게 남아 있는 것일까. 약간의 그리움까지도 더해진 채.

먼 곳의 희미한 가로등 불빛들이 매달고 있는 것은 연민이다. 그들은 안락하고 정확한 여정이란 오로지 기차에서만 보장된다고 말한다. 자신들을 낭만적으로 바라볼 수 있는 특권 역시 기차를 내리는 순간 끝난다고도 말한다. 길을 잃어버릴 가능성이 없다는 안도감은 이렇게나 잠시 동안만 허락된다. 사지를 추슬러 자리에서 일어나 길을 걷는 순간부터 인생의 혼란은 제자리로 돌아온다. 2분마다 정류장을 확인해야 하는 버스와 지하철도, 누군가와 말을 섞지 않기 위해 최선을 다해야 하는 택시도 삶만큼이나 지치기는 매한가지다. 길을 잃지 않기 위해 에너지를 써야 하는 그 모든 시간. 길을 잃는 것이 인생이라는 말에 온통 상처 난 발바닥을 보여주고 싶은 마음. 지친 어깨 위로 가로등 불빛은 떨어진다.

기차의 여정은 정확히 끝나기에 달콤하다. 우리는 이 기차가 변수 없이 목표지를 향해 가고 있다는 것을 안다. 평소에 어깨 위로 떨어지던 불빛을 마치 아름다운 별인 것처럼 볼 수도 있다. 우리에게도 목표지가 정해져 있다면, 끝나는 시간이 정확하게 정해져 있다면, 곁의 소란과 고통이 먼 메아리처럼만 존재한다면 이렇게 힘들지 않을 수 있을까. 하지만 우리는 안다. 목표지도 시간도 정해져 있다면 그것은 더 이상 삶이 아니라는 것을. 나의 고통이 나에게서 유리되어 존재한다면 그것은 더더욱 삶이 아니라는 것을.

그날의 기억은 목표도 여정도 보장된 기차에 오르는 데에 성공했기에 그렇게 생생히 남아 있는 것일지도 모른다. 혹은 두려움을 이겨내고 집으로 돌아왔다는 안도감일지도. 혹은 미국에 지내던 시절의 모든 것을 그리워하는 마음일 수도 있다. 그저 그때의 나에게는 모든 것이 혼란스러웠는데, 시간이 흐른 지금도 조금도 나아지지 않은 것만 같다. 그날 창에 비치던 나의 얼굴이 기억난다. 파리한 얼굴로 매일의 불안을 기록하던 스물두 살의 얼굴. 흔들리는 동공. 무사히 도착한 그날처럼, 시간이 흐르면 무엇인가는 결정되리라고 믿었던 것 같다. 손바닥으로 기차의 창문을 쓸어본다. 안개 같은 사람의 얼굴이 있다. 목적지에 도착한 기차에는 이제 나의 자리가 없다. 여전히 떠나야 한다.

2부

네모나고 다채로운
이 물건

{ }

성큼성큼 책 권하는 일

"그러므로 꼭 책이 아니어도 된다."

고등학생들이 모인다는 2박 3일 독서 캠프에 초대를 받았다. 여름방학을 맞이해 여러 고등학교 독서부 학생들과 작가들의 만남을 주선해주겠다는 취지의 행사였다. 나를 포함해 총 네 명의 작가가 참여했고, 내가 낸 책 중에서는 『독서의 기쁨』이 학생들의 주제 책 중 한 권으로 선정되었다. 마지막 날 아침, 조별로 자유롭게 주제를 정해 토론하는 시간이 주어졌고, 『독서의 기쁨』을 주제 책으로 배정받은 학생들은 책을 소재로 몇 가지의 질문을 던졌다.

그중 하나는 이것이었다. "책이 가장 좋은 친구일까?" 그것은 책이야말로 가장 믿을 만한 친구라는 내 책의 글귀에서 따온 질문이었다. 몇 차례의 토론 회기가 끝나고 마지막으로 의견을 정리하는 조장의 목소리가 귀에 박혔다. "그러므로 꼭 책이 아니어도 된다."

"그러므로 꼭 책이 아니어도 된다"는 건 여러 겹의 부정否定이었다. 첫째, 책이 주는 재미는 다른 매체가 주는 재미로 대체 가능하다. 우리에게는 유튜브도 있고, 영화도 있고, 드라마도 있고, 예능 프로그램도 있고, 게임도 있다. 둘째, 책이 주는 정보 역시 다른 매체의 정보로 대체 가능하다. 우리에게는 무한한 정보를 전달해주는 인터넷이 있다. 궁금하면 검색하면 된다. 결론, 그러므로 꼭 책을 가장 친한 친구로 둘 필요는 없다. 한 문장 한 문장이 가슴에 와 박혔다. 책이 가장 친한 친구라는 건 그런 뜻이 아니라는 걸, 이 학생들에게 어떻게 설명해야 할까? 나는 물었다. "여러분의 가장 재미있는 순간만을 함께하고, 그 외에는 그 어떤 시간도 기다려주지 않는 사람을 친구라고 부를 수 있을까요?" 학생들은 고개를 저었다. 하지만 그게 다였다. 함께 시간을 경험하는 사이를 친구라고 부른다는 걸, 그건 꼭 1분 1초 곁에 있다는 뜻은 아니라는 걸, 그렇지만 어떤 무의미한 순간부터 가장 재미있는 순간까지를 함께

한다는 뜻이라는 걸, 가장 무의미한 말부터 가장 재미있는 말까지 귀를 기울인다는 뜻이라는 걸 설명하기엔 시간이 너무나 부족했다. 그게 독서라는 마지막 말까지는, 갈 수도 없었다.

대 유튜브 시대. 유행도 이슈도 전부 유튜브에서 태어나고 사라지는 시대다. 짧은 편집 호흡과 사이다썰과 영화 줄거리 요약본이 사랑받는 플랫폼에서 책은 그 태생부터가 유튜브와 맞지 않는 퍼즐 조각인 것처럼 보인다. 그리고 실제로도 그렇다. 먹방, 게임, 테크, 리뷰 등 유튜브에서 많은 호응을 얻는 분야의 다른 채널과는 달리 책을 다루는 유튜브 채널은 '보여줄 게 없다'는 태생적인 약점을 지닌다. 이 문제를 어떻게 해결하느냐에 따라 채널의 방향성이 갈린다고 봐도 좋을 정도다. '겨울서점'은 채널의 스탠스를 '책을 좋아하는 애호가가 책 이야기를 하는 채널'로 잡고(실제로 그렇기 때문에), 책을 소재로 할 수 있는 다양한 기획을 통해 이 문제를 해결하고자 했다. 책과 관련된 페스티벌을 담기도 하고, 책을 소재로 한 보드게임을 하기도 하고, 작가를 인터뷰하기도, 언박싱을 하기도 하는 건 그래서다. 화면을 다채롭게 만들기 위해 기획을 다채롭게 하는 것이다. 여기에 겨울서점의 트레이드마크라고 할 수 있는 목소리와 잔잔한 분위기가 합쳐져 지금의 겨울서점이 되었다. 이 과정에서 흥미롭게도 겨울서점은 일종의 온라인 독서 커뮤니티 같은 성격을 띠게 되었다. 꼭 책을 좋아하지는 않더라도 겨울서점 특유의 분위기를 좋아하는 사람들이 취향의 공동체를 결성하게 된 것이다.

북튜브의 전망은 도서 시장의 전망만큼이나 불확실할지 모른다. 그러나 마음이 통한 사람들이 모이는 커뮤니티는 주인장이 불을 켜두는 한 계속된다. 짧은 편집 호흡에 지친 사람도, 혐오적인 콘텐츠를 피하고 싶은 사람도 늘 있다. 짧은 영상으로 교양을 채우고 싶어 하는 사람도, 시험 기간에 죄책감 없이 볼 수 있는 영상을 원하는 사람도, 라디오처럼 틀어놓고 일을 할 만한 영상을 찾는 사람도 늘 있다. 처음에는 나조차도 이 채널이 만 명을 넘을 수 있을지 의심했지만 이제 11만 명•이 넘는 사람들이 모인 것을 보며 진작부터 가능성은 충만했음을 느낀다. 그 사람들 중 일부라도 실제로 책을 집어 들게 만들 수 있고, 그것이 습관이 되도록 만들 수 있고, 그래서 단순히 겨울서점의 분위기가 좋아서 들어왔다가도 책의 진입 장벽을 낮추는 영상을 꾸준히 보다보면 책의 친구가 될 수 있다는 가능성.

• 이 글을 쓴 2019년 10월 당시의 구독자 수다.

"이제 누가 책을 읽냐"는, 조롱조지만 진지한 장문의 댓글을 받은 적이 있다. 요지는 학생들의 말과 같았다. 정보는 이미 인터넷에 완벽하게 정리되어 있고, 재미는 굳이 책에서 찾을 필요 없다는 것. 책을 읽는 건 이제 아무런 의미도, 가치도 없다는 것. 하지만 나는 자신 있게 그 말에 반박할 수 있다. 책만이 해줄 수 있는 유일한 일이 있기 때문이다. 책은 다른 그 어떤 곳에서도 배울 수 없는 가장 깊은 수준의 경청을 경험할 수 있게 해준다. 나는 그 독서 캠프의 강연장에서 학생들에게 물었다. "여러분은, 한 사람의 일관되고 내밀한 이야기를, 적어도 수 시간에서 수 주에 이르기까지, 흐름과 논리를 따라가며 집중해서 들어본 적이 있나요?" 학생들은 고개를 저었다. 그 어느 강연을 가도 여기에 고개를 끄덕이는 사람은 없다. 수 시간은 커녕 수십 분을 하기도 쉽지 않은 경험이니까. 하지만 책은 그걸 가능하게 해준다. 아니, 책만이 그걸 가능하게 해준다. 나는 그걸 안다. 나는 그걸 알기 때문에 유튜브에서 책 이야기를 할 수 있다는 걸 안다. 유튜브 역시 경청할 준비가 되어 있는 사람들과 진지한 이야기를 나눌 수 있는 매체이기 때문이다. 내가 책과 나눈 그 속 깊은 이야기들을 듣는 사람들이, 그곳에도 있기 때문이다. 그래서 계속할 수 있는 것 같다. 겨울서점에 오신 것을 환영합니다, 라는 인사를.

{ }

책만으로
친구가 되는 일

나는 만나본 적 없는 두 명의 친구를 잃었다.

캐럴라인 냅의 『명랑한 은둔자』를 읽었다. 자신을 '명랑한 은둔자'라고 칭하며 고독에 대해, 알코올 중독에 대해, 섭식장애에 대해, 사랑하는 일에 대해, 상실에 대해, 사랑하는 개와 싫어하는 이름에 대해 시시콜콜하면서도 깊이 있게 이야기하는 냅에게 나는 완전히 빠져버렸다. 오래전부터 알던 언니처럼. 이제부터 친하게 지내고 싶은 이웃처럼. 사랑하는 동료처럼. 존경하는 선배처럼. 김소연 시인은 이 책의 추천사에서 "누군가의 삶은 그 자체로 우정을 불러일으킨다"고 썼는데, 그 말만큼 냅을 설명해주는 말은 없을 것이라고 확신한다.

『명랑한 은둔자』를 다루는 영상을 촬영하면서 답답했다. 내가 느낀 이 우정을 어떻게 전달할 수 있을까? 나는 최선을 다해 냅의 글을 낭독하고, 거기서 내가 느낀 바를 이야기했지만 여전히 내가 제대로 하고 있는 것인지는 알 수 없었다. 내가 그를 얼마나 좋아하게 되었는지 사람들이 알 수 있을까?

영상이 끝나갈 무렵, 나는 코로나19 사태를 언급하며 이 시기에 고독을 느끼는 사람들에게도 이 책을 추천하고 싶다는 말을 했다. 그리고 그가 만약 지금 살아 있었다면 어떻게 지내고 있었을지, 어떤 글을 썼을지, 무슨 생각을 하고 있었을지 궁금하다고 했고, 그 순간 참을 수 없이 안에서 울음이 밀려 나오는 것을 느꼈다. 나는 그가 지금 살아 있지 않다는 사실에 진심으로 슬퍼하고 있었다. 그가 보고 싶었고, 그의 글을 읽을 수 없다는 사실에 눈물이 났다. 나는 그의 책을 읽으며 그에게 마음속 깊이 우정을 느꼈다. 나에게는 친구가 생겼고, 동시에 친구를 잃은 셈이었다.

그리고 얼마 뒤 정말로 듣고 싶지 않았던 부고가 들려왔다. 어크로스 출판사의 이환희 편집자가 투병 끝에 유명을 달리했다는 소식이었다. 그 소식을 접하자마자 눈물이 쏟아졌다. 그는 너무 젊었고, 소중한 책들을 만든 편집자였고, 내 글을 지켜봐주기로 했던 사람이었다.

2019년 11월, 그에게 메일을 받았다. 자신은 겨울서점을 즐겨 보고 있고, 동녘과 어크로스에서 이런저런 책을 만들었으며, 겨울 님이 이번에 팬딩에 연재를 시작한다길래 곧바로 결제를 했고, 자신에게는 지금까지 겨울 님이 쓰신 글들에 대한 강한 신뢰가 있으니, 차후에 연재될 글을 묶어 어크로스에서 인문 에세이로 내자는 제안이었다. 그가 낸 책의 면면이 눈에 들어왔다. 『다가오는 말들』, 『당신이 계속 불편하면 좋겠습니다』, 『지혜롭게 나이 든다는 것』, 『페미니스트 선생님이 필요해』, 『환대받을 권리, 환대할 용기』 등등. 나는 고민 끝에 아주 긴 답장을 보냈다. 제안 주셔서 감사하지만, 연재하는 글을 묶어서 내려면 저에게 적어도 2년은 필요할 것 같아요. 제가 그 시간 동안 꾸준히 글을 쓸 수 있을지 아직 모르겠어요. 조금 기다려주시겠어요?

지금은 이 답장을 후회한다.

나는 당시 공개 일주일 전이었던 원고•를 함께 첨부하여 보냈다. 그는 정성스러운 답장이 고맙다며 긴 답장을 보내왔다. "한 사람의 독자로서 글이 나아가는 곳으로 따라갈 선생님 모습을 잘 따라가보겠습니다. 그러다 편집자 자아가 불쑥 올라와 '이 글들은 이런 책이 될 수 있겠다'는 조금 구체적인 그림이 그려질 때, 선생님께서 스스로 자신을 더 잘 믿을 수 있도록, 조심스럽게 다시 한번 북돋우고, 부추겨보도록 하겠습니다.^^" 몇 차례의 메일 후 얼마 가지 않아 그가 병을 앓게 되었다는 소식을 들었고, 나는 변변한 응원 한번 제대로 못 해보고 부고 소식을 접했다. 페이스북 댓글로 보낸 몇 번의 응원이 그에게 힘이 되었을까? 이제는 알 수 없게 되었다.

나는 그가 만든 책들 속에서 우정을 느꼈다. 책은 저자만으로 완성되는 것이 아니라 편집자의 손에서 완성되는 것이기에, 그리고 그가 자신이 만든 책을 자랑스럽게 여겼기에 나는 그를 믿을 수 있었다. 슬픔을 표현하는 것이 차마 나보다 슬플 이들에게 면구스러워 소셜미디어에는 긴 애도의 말을 하지 못했지만 실은 조심스럽게 고백하고 싶었다. 나는 그에게 어떤 우정을 느꼈고, 그가 죽은 것이 너무나 슬프다고.

• 이 책의 첫 글, 「새겨울」이었다.

이것은 얄팍한 우정들이었을까? 책만으로 친구가 될 수 있다는 것을 누군가는 믿지 않을 테지만, 나는 이 짧고 어설픈 우정도 분명한 우정이었다고, 다만 그것이 어설펐다는 것을 기억해야 한다고 믿는다. 책으로 연결된 이들에게는 어쩜 이리 애틋해지는 것일까? 책을 읽고 쓰는 삶을 살수록 더 믿게 된다. 누군가의 삶과 책은 그 자체로 우정을 불러일으키기도 한다는 것을. 그런 삶을 살았던, 또 살고 있는 이들을 잊지 않고 싶다. 어쩌면 그게 독자로서 내가 할 수 있는 유일한 일인지도 모른다.

{ }

책 한 권 찾으려다 그 책의 씨를 말린 건에 대하여

나는 그저 책을 한 권 사고 싶었을 뿐이다. 정말이다.

문제는 내가 쓰고 있던 책 『아무튼, 피아노』에서 시작되었다. 피아노에 각별한 애정을 지니고 있는 나는 트위터에 "'아무튼' 시리즈를 쓴다면 피아노를 주제로 써볼 수 있을 것 같다"는 혼잣말을 썼다가 제철소 출판사 대표님의 레이더망에 포착되었다. '아무튼' 시리즈에 합류할 수 있다는 기쁨과 피아노를 주제로 쓸 수 있다는 기쁨으로 주저 없이 계약을 한 것이 2년 전. 양심의 가책에 짓눌려 그러잖아도 잔뜩 튀어나온 거북목이 더 튀어나올 지경에 이

르러 『아무튼, 피아노』의 집필에 착수한 나는 책을 쓰기 위해 필수적으로 거쳐야 하는 관문에 이르렀다. 그것은 바로, 참고 도서 구매하기.

집에 이미 피아노와 음악에 관련된 책이 책장 두어 칸을 채우고도 남을 만큼 있었지만 그것만으로는 부족했다. 책에 꼭 직접적인 내용이 담기지 않아도 배경이 되는 지식을 다양하게 아는 것과 모르는 것에는 분명한 차이가 있다. 온라인 서점에 들어가 음악 미학에 대한 책 중 나에게 없는 책을 찾아 장바구니에 넣기 시작했다. 『헤겔의 음악 미학』, 『아도르노의 음악 미학』, 『음악 미학』, 『작품으로 보는 음악 미학』 등등. 그중에서도 꼭 사고 싶었던 책이 있었으니 조르주 리에베르가 쓰고 이세진이 번역한 『니체와 음악』이다. 니체는 피아노에 조예가 깊었고 작곡에 대한 열정이 있었기 때문에 프랑수아 누델만이 쓴 『건반 위의 철학자』에서도 중요한 챕터를 차지하고 있다. 니체의 글에는 음악적 비유가 자주 등장하고, 잘 알려져 있듯 작곡가 바그너와의 관계도 복잡했다. 음악과 피아노는 결코 떼어낼 수 없는 니체의 삶의 일부였다. 참고 도서 목록을 정리한다면 반드시 넣고 싶은 책이었다.

장바구니에 잔뜩 넣은 책을 결제하려니 선택해야 하는

옵션이 있었다. 모든 상품이 준비되면 배송받을 것인지, 먼저 준비된 상품 먼저 배송받을 것인지를 선택하는 옵션이었다. 일단 받을 수 있는 책을 먼저 받기로 한 나는 며칠 뒤 슬픈 소식을 접하게 된다. 장바구니에 넣을 때만 해도 아무런 문제가 없었던 『니체와 음악』이 품절되어 배송할 수 없다는 소식이었다. 구매는 자동으로 취소되었고, 나는 다른 온라인 서점을 뒤지기 시작한다. 곧바로 검색해 본 교보문고에서는 아직 품절 상태가 아니었기 때문에 큰 걱정 없이 주문을 넣었다. 그리고 며칠 후 나는 또 한 건의 문자를 받게 된다. "고객님! 교보문고입니다. 주문하신 상품 중 출판사 입고 지연으로 품절된 도서가 있어 안내드립니다. 도서 준비가 원활하지 못해 불편을 드린 점……" 이런. 혹시나 하는 마음에 예스24에 들어가보니 여기는 품절 처리가 되어 있었다.

나는 아직 새 상품이 우리나라 어딘가에는 남아 있으리라는 믿음으로 — 혹은 바람으로 — 알라딘의 품절도서센터를 찾았다. 알라딘의 품절도서센터 메인에는 "어딘가에 한 권은 있다"라는 믿음직한 카피가 쓰여 있다. 그래, 어딘가에 한 권은 있겠지! 『니체와 음악』 페이지에 들어가 품절도서센터 주문을 선택했다. 이즈음 『아무튼, 피아노』 집필은 이미 막바지에 접어들고 있었다. 사실상 책이 없어도 되는 상황이었지만 혹시나 막판에 필요하지 않을까 하는 마음 때문에 책을 포기하지 못했다. 먼저 돈부터 내야 하는 품절도서센터로 일단 돈을 내고 기다렸지만, 나는 또 한 번 같은 문자를 받게 된다. "품절도서센터 신청 상품의 확보가 불가능합니다. 주문 취소 후 영업일 기준 1~2일 내 환불(혹은 승인 취소)예정입니다." 이런. 어딘가에 새 책 한 권은 있을 줄 알았는데.

약간의 오기가 생겼다. 진짜 한 권도 없다고? 그럴 리가. 이제는 본격적으로 중고책을 찾아보기로 했다. 중고라고 해도 최상급 중고는 사실상 새 책과 다름이 없기 때문에 중고여도 상관없었다. 예스24에 들어가보니 판매자 네 명이 올린 중고책이 있었다. 모두 파워셀러였고, 책은 '최상급'으로 표시되어 있었다. 중고책을 전문으로 취급하는 판매자들인 것 같고 책도 모두 최상급이라고 하니 뭐 한 권 정도는 있겠지. 가장 위에 있는 판매자의 책을 구매했다. 과연? 다음 날 품절이니 주문을 취소해달라는 메시지가 왔다. 아니, 여긴 자동 취소도 아니고 품절인데 내가 직접 취소해야 해? 마이페이지에 들어가 주문을 취소했다. 구매했던 책은 중고책 목록에서 삭제되었다. 그 밑에 있던 판매자의 책을 구매했다. 다음 날 취소 요청이 왔고 목록에서 또 삭제되었다. 약이 올라 두 권 남은 중고책을 한

꺼번에 구매했다. 두 권 모두 품절로 취소 요청이 왔다. 예스24에서는 이제 『니체와 음악』의 판매자 중고 목록이 모두 사라졌다. 이쯤 되니 이제는 참고 도서의 문제가 아니라 애서가의 자존심 문제처럼 느껴졌다. 『아무튼, 피아노』는? 이미 다 썼다.

중고책 통합검색 사이트에 몇 개 들어가 『니체와 음악』을 검색해봤다. 거대 사이트에 올라온 중고책뿐만이 아니라 작은 중고서점에 있는 책도 찾을 심산이었다. 중고책을 모아둔 서울책보고 사이트에 검색했지만 없었고, 중고책 통합검색 사이트에서는 알라딘과 예스24, 교보문고의 중고책들만 떴다. 죄송하지만 예스24는 이미 제가 씨를 말렸는걸요……. 알라딘에 들어가보니 꽤 많은 중고책이 올라와 있었고, 판매자 한 명이 책의 상태를 '상'으로 표시해둔 것을 빼고는 모두 '최상'이었다. 그래, 이거지! '최상'으로 표시된 책 중 한 권을 구매했다. 판매자에게서 전화가 왔다. 최상급이 아니라 책이 변색되고 책 앞에 메모가 쓰인 중급이라고 했다. 일단 괜찮으니 보내달라고 하고, 목록에 있는 다른 '최상'급 중고책을 주문했다. 다음 날 취소됐다. 열이 받아서 또 주문했다. 다음 날 취소됐다. 또 하나를 주문했다. 다음 날 취소됐다. 지금까지 나는 『니체와 음악』을 총 열한 권 주문했다. 그중 건진

것은? 중급 한 권.

이제는 포기할 수 없는 싸움이라고 여긴 나는 아예 남은 판매자 중고책 중 세 권을 한꺼번에 주문했다. 그중 한 권은 배송이 시작되었다고 하고 나머지 두 권은 아직 소식을 모른다. 소식이 늦어지는 걸로 보아 아마 취소될 작정인가보다. 배송이 시작된 책은 과연 '최상'이 맞을까? 주문이 너무 많이 취소되어서 솔직히 기대를 버린 상태다. 이 글을 쓰고 있는 지금 알라딘에 남아 있는 『니체와 음악』의 판매자 배송 중고는 다섯 권인데, 그중 두 권은 내가 이미 주문하고 취소당했던 곳이라 사실상 구매 가능한 것은 세 권이고, 내 기억이 맞는다면 그중 한 권은 예스24에서 취소되었던 곳이므로, 알라딘에서도 마찬가지로 『니체와 음악』의 중고책 씨가 말라가고 있는 셈이다. 만약 이번에 배송되는 책도 최상급이 아니라면 내가 남은 중고책도 모두 주문할 예정이니 여러분이 이 글을 만나볼 때쯤엔 아예 목록이 없을 수도 있다. 그래도 없다면 교보문고에 올라와 있는 판매자 중고 두 권을 내가 살 것이므로 거기도 씨가 말라 있을 것이다.

어떻게! 새 책 한 권이! 없을 수가 있지! 이게 다 『아무튼, 피아노』를 늦게 쓰기 시작해서 벌어진 일인가보다. 아무리 그래도 이렇게까지 없을 일인가 말이다. 심지어 처음 책을 살 때는 품절 도서조차 아니었다. 내가 주문을 하기 시작하니 그제야 각 서점에서 이 책의 재고가 없다는 것을 알아차린 것일까. 물론 필요하고 궁금한 책이어서도 있지만, 내 코앞에서 문이 닫혔다는 감각 때문에 더 오기가 생겼던 것도 같다. 그렇다고 이렇게까지 무조건적으로 필요한 책은 아니었고, 또 이렇게까지 무슨 악어처럼 중고책 목록을 먹어치우고 다니게 될 줄은 몰랐는데, 저는 정말…… 그저 책을 한 권 사고 싶었을 뿐이에요……. 사람의 심리라는 게 참 재미있어서 자신이 고생한 대상에 대해서는 그만큼 높게 평가하고 싶은 심리가 있는데, 이렇게 구한 책이라면 기대보다 별로더라도 좋다고 자기 세뇌를 하게 되지 않을까 걱정된다. 아니, 사실 이렇게 구한 책이라면 그냥 좋다고 믿는 게 정신 건강에 좋을지도 모른다. 모든 것은 책이 마음에 들면 해결될 일이니 일단 겸허한 마음으로 책을 기다려본다.

이렇게 해서 같은 책을 열네 권 주문한 애서가의 구매대모험은 잠정적 결말을 맞이하게 됐지만, 이게 과연 열네 권에서 끝날지, 아니면 결국 스무 권까지 가게 될지는 모른다. 부디 대충 이쯤에서 마무리되길 나도 바라고 여러분도 바라주시기를 바란다. 아무리 그래도, 내가 정말로

『니체와 음악』 중고책 목록의 씨를 말릴 수는 없는 노릇이니까.

{ }

고전 따라잡기
— 애서가라고 그걸 다 읽은 건 아니라우

일주일에 한 번 진행하는 라디오 프로그램 MBC 〈라디오 북클럽 김겨울입니다〉에서는 유명한 문학 고전 작품을 다루는 코너가 있다.* 정영수 소설가와 함께 진행하는 〈정영수의 스포일러〉 코너다. 이 코너에서는 지금까지 피츠제럴드의 『위대한 개츠비』, 헤밍웨이의 『노인과 바다』, 제인 오스틴의 『오만과 편견』, 버지니아 울프의 『댈러웨이 부인』, 카뮈의 『이방인』 등 누구나 이름을 한 번쯤은 들어본 적이 있을 세계 문학 고전을 다뤄왔다. 정영수 소설가가 세계 고전을 많이 읽기도 했고 편집을 했던 경력도 있

* 이 코너는 2023년 5월까지 유지됐다.

어 여러모로 적합한 주제였고, 나 역시 어린 시절부터 고전을 많이 읽었으니 큰 무리가 없으리라 판단했다.

이 코너를 진행하다 보면 의외의 복병을 만나게 되는데, 바로 다음에 다룰 책을 선정하는 일이다. 수고를 덜기 위해 웬만하면 읽은 책 중에 선정하는 게 좋지만 나와 정영수 소설가와 프로그램 담당 작가의 독서 역사가 제각각이니 각자 읽은 고전도 정말이지 들쭉날쭉이다. 내가 읽은 건 게스트가 안 읽었고, 게스트가 읽은 건 내가 안 읽었고, 되게 유명한 소설인데 둘 다 안 읽었고…… 보통은 정영수 소설가가 고르는 작품을 우선적으로 선택하고 프로그램의 상황에 따라 후순위로 다른 고전을 선정한다. 덕분에 여태 이름만 듣고 안 읽은 책들을 읽게 됐다. 버나드 쇼의 『피그말리온』은 정영수 소설가의 강력 추천으로 선정한 책인데 나는 무려 이 책으로 버나드 쇼를 처음 읽은 셈이 됐다. 이런 세상에, 구독자 17만 명•의 책 유튜브 채널을 운영하고 있고, 책을 주제로 하는 라디오 프로그램을 진행하고 있고, 책에 대한 책만 세 권을 쓴 내가? 그렇다. 나는 이번에 버나드 쇼를 처음 읽었다.

세르반테스의 『돈키호테』는 극악의 두꺼움을 자랑하는

• 2021년 2월 기준.

책인데, 워낙 문학사적으로 중요한 소설이기 때문에 꼭 읽었어야 하는 책이지만 그것도 사실 완역판으로는 끝까지 못 읽었다. 이 책이야말로 누구나 읽었지만 아무도 읽지 않은 책이 아닌가. 정영수 소설가가 그 책을 직접 편집하느라 완독한 몇 안 되는 독자인 덕에 프로그램에서는 알차게 다뤘다. 이런 세상에…… 보르헤스를 그렇게 좋아하는 내가 아직 『돈키호테』를 못 읽었다니 약간의 치욕이라고 생각하고 있다(보르헤스는 세르반테스 문학상을 수상했고, 「피에르 메나르, 『돈키호테』의 저자」라는 천재적인 단편을 쓴 바가 있다). 샐린저의 『호밀밭의 파수꾼』은 이름만 듣고 안 읽은 줄 알았는데 첫 페이지를 여는 순간 마법처럼 이 책을 읽은 적이 있다는 사실이 기억났다. 나 이 문장 읽은 적 있어! 나 이 뒤에 무슨 내용인지 알아! 떠오르는 순간 안도했다. 정말 다행이지 이건 읽었다는 게…….

책 많이 읽은 걸로 유명한 사람들도 아마 이렇게 따지기 시작하면 안 읽은 책이 한두 권이 아닐 것이다. 세계 문학 고전은 너무 많고 유명한 작가도 너무 많기 때문에 아무리 읽어도 그걸 다 읽기가 도무지 쉽지가 않은 것이다. 그걸 다 읽으려면 다른 분야의 책을 포기하다시피 해야 한다. 하지만 애서가들이 얼마나 바쁜가. 세상에 읽을 책이 얼마나 많은데 그것만 읽고 있을 수는 없는 것이다. 그러니 책

좋아하는 사람이라고 해서 무조건 유명한 고전을 다 읽었을 거라고 생각하는 건 성급한 편견이다. “○○○ 읽으셨나요?” 같은 질문은, 웬만하면 살짝 넣어두도록 하자. 아마 그 질문을 받은 애서가도 여태 그걸 못 읽어서 발을 동동 구르고 있을 테니까.

{ }

책의 수명

책의 수명은 얼마나 될까? 한 달? 1년? 100년? 내가 쓴 글이 종이에 묶여 있다가 팔랑팔랑 자연으로 돌아갈 날은 언제일까? 오래도록 남아 있는 글을 벗 삼고 업 삼아 살고 있자니 나보다 오래 살았고 오래 살 할머니 같은 책과, 그 중에서도 더 길고 길게 살아남을 고조할머니 같은 책, 나보다 많이 사랑받고 먼저 잊힌 조카 같은 책들이 한 달에도 수십 개씩 일렁일렁 나를 스쳐 지나간다.

『과학콘서트』의 개정증보판 2판이 나왔다는 소식을 들었다. 초판이 2001년에 나왔으니 벌써 거의 20년 전이다.

MBC 〈느낌표〉의 〈책책책, 책을 읽읍시다!〉에 선정된 것이 2003년. 학창 시절에 읽었던 책인데, 그 책이 20년이 넘는 세월을 통과했고, 심지어 꾸준히 큰 사랑을 받은 덕에 개정증보도 두 번이나 했다. 그동안 저자가 얽힌 스캔들도 없었고, 내용상으로 큰 논란이 된 적도 없었고, 책을 낸 출판사도 무사히 성업 중이라니. 이건 시기와 저자와 독자와 출판사와 환경이 서로 꼭 들어맞았을 때만 도달할 수 있는 행운의 지위다. 대단하기 그지없다. 다시 읽어보기로 했다.

정재승 교수와의 인터뷰를 앞두고 긴장한 채로 책을 펼쳤는데, 세상에. 내용이 술술 기억났다. 심지어는 어떤 문장이나 농담까지도 읽었던 기억이 났다. 아직 읽기도 전에 다음 문단, 다음 페이지의 내용이 생각났다. 내가 알고 있는 어떤 지식들은 분명히 이 책에서 처음 접한 것들이었다. 몬티홀 문제나 케빈 베이컨 법칙, 프랙탈은 모두 『과학콘서트』를 통해 내 삶에 처음 존재를 알렸다. 이렇게 선명하게 기억나는 게 신기하게 느껴질 만큼 책 전체가 데자뷰처럼 읽혔다.

그건 정말 이상한 경험이었다. 20여 년 전의 세계가 조금도 변하지 않은 채 거기에 있고 내가 보행자가 되어 조우한 것 같았다. 약간의 기름칠을 한 추억의 장소에 내가 함부로 발을 들인 기분이었다. 책이 아주 살아 있었다. 아주 살아 있어서 책에서는 처음 피가 돌았을 때의 맥박이 펄떡거렸다. 시간 여행도 아니고 시간 여행이 아닌 것도 아닌 어떤 독서가 그곳에 있었다.

나는 새삼스럽게 — 혹은 비로소 — 책의 수명이 어떻게 결정되는지를 알게 되었다. 그건 다 사람들의 머릿속에 얼마나 날카로운 흔적을 남기느냐에 따라 결정되는 것이다. 많은 사람들이 읽는다고 해서 수명이 연장되는 게 아니라, 그 사람들 각각에게 어떤 흔적을 남기는지가 더 중요하게 작용한다는 것. 그러니까 읽는 사람들의 머릿속에 자신만의 회로를 확보해야 한다는 것. 그 회로는 어떻게 확보될 수 있는가? 남들이 도달하지 못한 곳을 먼저 도달하면 된다. 다른 사람이 하지 않은 이야기, 생각해보지 못한 관점, 쓰인 적 없는 유머, 고려된 적 없는 표현, 구성된 적 없는 플롯을 쓰면, 그 책은 뇌에 선명한 자신의 길을 남기게 되고, 오래도록 기억된다. 그 책을 기억하는 사람이 죽으면 또 다른 사람이 곧바로 그 자리를 채울 것이기 때문이다.

물론 책은 다 늙어간다. 영원히 살아남는 책이 있을까?

불멸의 고전 몇 권? 인간이 완전히 다른 종으로 진화하게 된다면 그런 책들도 지금의 지위를 잃어버릴 것이다. 수명이 짧은 책이라고 해서 꼭 열등하거나 못난 책인 것도 아닐 것이다. 다만 바라건대 우리가 살아 있는 동안, 그리고 우리가 상상할 수 있는 미래의 세계 동안 선명하게 노력한 책들이 사랑받기를. 오래오래, 책에 내려진 쇠락의 선고보다 훨씬 오래 살아남기를.

CROWN
120H2007
BEST
SG
SOY
BEST ONE
PT PROCESS BLUE C 미래상상
PrimeBlade
HIC
PT651C 연청
SOY
APC601

120G30104
CROWN
321M06623

{ }

혼란의 추억

철학과를 다녔고 책을 소재로 영상을 만들며 문학을 사랑하는 나는 한때 이과에 몸을 담고 있었다. 과학을 좋아하고 법의학 공부를 하고 싶어 했으므로 당연한 수순이었다. 어릴 때부터 과학책을 좋아했고 고등학교에 입학해서는 생물부에 들어갔다. 생물부에서 해본 실험들에 끌려 의대에 진학해 외과 계열을 가고 싶다고 생각했다. 『E.R』이나 『의룡』 같은 만화책의 영향도 있었다. 1학년을 마치고 과를 선택해야 했을 시점, 지금은 사라진 문이과 구분이 그때만 해도 향후 진로를 결정하는 거대한 선택이었고, 고등학교 1학년이 그런 선택을 해야 한다는 것이 이상하다고 생각하면서 나는 미련 없이 이과를 선택했다.

이과 공부는 재미있었다. 국어와 영어 공부를 할 시간은 거의 없었고, 하루의 대부분을 수학에 바치며 과학탐구의 내용을 숨차게 공부했다. 그렇게 공부를 하고 있자면 왠지 세상의 비밀을 조금 엿보는 듯도 했다. 맞부딪치는 원자들과 생명력으로 피어나는 꽃들과 점근선을 그리는 그래프들. 하지만 하루 종일 수학과 과학만 공부하고 있자면 즐거우면서도 숨이 막혔다. 유기화학 단원이 재밌어 죽겠으면서도 미술사 책에서 읽은 물감의 성분에 대한 내용이 자꾸 생각났다. 파동 단원이 너무 흥미로우면서도 파동으로 전해지는 음악에 대해 생각하기를 멈출 수가 없었다. 이 생각들을 충분히 숙고해보기도 전에 배워야 할 분량과 풀어야 할 문제는 산더미처럼 밀려왔고, 마침내 나는 이 숙고에 더 무게를 싣겠다고 선언했다. 미학과에 가고 싶었다.

미학과를 바라게 된 이유는 단순했다. 나는 철학을 좋아했고, 가능한 한 예술의 곁에 머무르고 싶었다. 문과로 전과를 하자마자 경쟁자를 맞이한 문과 친구들의 눈초리를 받아야 했지만 그게 당장 중요한 건 아니었다. 사회탐구의 많은 과목을 공부했고 다른 과목들의 비중도 조금씩 늘렸다. 미학과가 있는 대학에는 떨어졌지만 다른 학교의 인문학부에 붙었고, 철학과를 생각하며 진학했다.

전공이 정해지지 않은 상태로 입학했던 때라 인문학부에서 1년을 보낸 뒤 전공을 결정해야 했다. 진학한 학교에서는 미학과가 없는 대신 철학과에 갈 수 있었다. 1학년 내내 열심히 공부했고, 그리고 고민 끝에…… 심리학과에 진학했다. 인문학부에 속해 있는 것이 무색할 정도로 과학적인 학문. 철학과 심리학이 인간을 바라보는 관점은 완전히 달랐고, 나는 가장 첨단의 과학적인 관점으로 인간을 탐구하는 학문을 배워보고 싶었다. 심리학과에는 미학과를 나와 인지과학을 공부하고 인지신경과학을 가르치는 교수도 있었다. 심리학 수업은 대체로 과학 논문의 연구 결과들을 배우는 방식으로 이뤄졌다. 이과에서 배운 지식은 알아서 제자리를 찾아갔다. 원자의 스핀을 사용하는 fMRI의 원리와 우리 몸의 신경 구조. 수업을 들으며 수없이 뇌 그림을 그렸다. 이후에 또 하나의 전공을 선택할 때가 되었을 때, 나는 마침내 철학과를 선택했다.

고등학교에 문이과 구분이 없고 대학에서 자유로운 전공 선택이 가능했다면 이런 혼란의 추억을 만들지 않아도 되었을 텐데, 억지로 나눠놓은 영역 사이의 담을 넘어 다니느라 시간을 많이 썼다. 하지만 이건 시간을 쓸 만한 가치가 있는 경험이었다. 나는 심리학과 수업에 가서는 철학과 학생이 되고 철학과 수업에 가서는 심리학과 학생이 됐다. 나는 인간이 동물이면서 동물이 아니라는 것을 배웠다. 논문을 읽을 때 근거를 철저히 살펴야 한다는 것과 철학적 에세이의 각 줄에 담긴 깊은 함의를 읽어야 한다는 것을 배웠다. 세상은 그렇게 단순하지도 명쾌하지도 않다는 것, 그리고 학자들은 늘 반론을 받을 준비가 되어 있다는 것을 배웠다. 이 혼란의 경험으로 나는 경계에 머무르는 즐거움을 알게 됐다.

졸업 후에 나는 알려져 있듯 책을 소개하는 유튜버가 됐다. 유튜브에서 나는 문학 책도 과학 책도 인문학 책도 소개한다. 유튜브에서는 책을 소개하고 출판인들에게는 유튜브 강연을 한다. 내가 책과 유튜브라는 각각의 경계에 갇히지 않을 수 있었던 것도 어쩌면 이 혼란의 경험 때문인지도 모른다. 이전에 책의 저자 소개에 이렇게 썼다. "유튜브와 책 사이, 글과 음악 사이, 과학과 인문학 사이에서서 세계의 넓음을 기뻐하는 사람." 이 세계가 이렇게 넓다는 것이, 완전히 달라 보이는 영역이 실은 깊이 연결되어 있다는 것이, 그 모든 게 인간이라는 것이 아주 기쁘다.

{ }

나는 왜 SF를 읽는가

내가 이해하기로, SF는 부정否定에서 시작된다. 인간이 아닌 것, 지구가 아닌 곳, 현재(혹은 정상적인 시간 흐름)가 아닌 때, 가능하지 않은 일이 SF의 뼈대가 된다. 이를테면 인공지능이 과거의 우주에서 환영을 볼 때 우리는 그것을 SF라고 부르는 듯하다. 꼭 네 가지 모두를 부정할 필요는 없으며 작가가 원하는 방향에 따라 선택한 요소를 부정하고 재조합할 수 있다. 요컨대 SF 소설에서는 지금 우리가 사는 세계를 구성하는 — 따라서 통상적인 소설을 구성하는 — 인물, 장소, 시간, 사건 중 최소한 한 가지가 부정된다. 다만 시간이 부정될 경우에는 나머지 세 가지 요소 중

한 가지가 함께 부정되어야 하는 것으로 보인다. 1960년대 서울에 사는 평범한 인물이 아침에 일어나서 밥 먹는 이야기를 SF라고 할 수는 없기 때문이다(하지만 1960년대 서울에 사는 평범한 외계인이 아침에 일어나서 밥 먹는 이야기는 SF가 될 것이다).

무엇이 SF이고 무엇이 SF가 아닌가, 라는 케케묵은 주제를 꺼내오고 싶은 것은 아니다. 위의 정의는 어디까지나 내가 받아들이고 있는 SF의 정의에 가깝다. 따라서 그보다는 왜 내가 SF를 읽는가, SF를 통해서 무엇을 얻고 있는가에 대해 이야기하고 싶다. 그것은 반대로 말하면 내가 현실에서 무엇을 부정하고 싶어 하는지에 대한 이야기이기도 하다.

1995년 영국의 작곡가 젬 파이너는 〈Longplayer〉라는 작품을 썼다. 이 곡의 연주 시간은 천 년이다. 컴퓨터 알고리즘을 통해 20분 20초짜리 주제부 여섯 개를 조합하여 서로 다른 경우의 수를 연주한다. 1999년 12월 31일에 연주가 시작되어 여전히 연주 중이고, 2999년 12월 31일에 연주가 완료된다. 곡은 인터넷 사이트를 통해 24시간 생중계되고 있다. 연주가 완료되면 두 번째 연주가 시작된다. 나는 이따금씩 사이트에 들어가 천 년 동안 한 번도 반복되지 않을 음악을 듣는다. 내가 죽은 후에도 이어질 음악, 다음 세대가 죽고 그다음 세대가 죽어도 이어질 음악을 듣는다. 싱잉볼과 징의 소리가 선연하다. 나는 이 곡을 모티브로 한 SF 소설을 쓰고 있다.

휴먼 스케일, 그러니까 대략 1.5~2m 정도를 오가는 크기, 110도 내외의 시야각, 20~20,000Hz의 가청 주파수, 400~700nm의 가시광선, 입과 혀와 목을 사용한 언어 체계, 대략 4~8km/h정도의 이족 보행 속도, 약 80년의 수명은 도무지 피할 수 없는 인간의 조건이다. 사람에 따라 덜 가질 수는 있어도 더 가질 수는 없다. 당장 박쥐와 같이 초음파로 '볼' 수 있는 동물들은 우리와 완전히 다른 세상에 살고 있을 것이다. 작은보호탑해파리는 수명이 다하면 다시 어린 폴립 상태로 돌아갔다가 다시 성장하여 번식하고, 또 시간이 흐르면 폴립 상태로 되돌아가며 이 과정을 반복한다. 작은보호탑해파리에게 이 세상은 어떤 모습일까? 알 수 없다. 칸트가 인식의 출발점을 감각으로 지정했을 때 그것은 지극히 타당한 경계 짓기였다.

칸트의 비판으로 우리는 세계를 알 수 없는 대신 세계에 규칙을 부여하는 존재가 되었다. 우리는 우리가 아는 한에서 세계를 인식하고 해석하고 이용한다. 그리고 인간은 이 경계 앞에서 겸손해지는 대신 세상을 해석하는 유일한 주체로서의 권능을 주장했다. 이는 우리가 살고 있는 현대의 밑바탕에 있는 생각이기도 하다. 이것은 얼마나 갑갑한 일인가? 나는 휴먼 스케일로부터 도망치고 싶어 한다. 나는 시간을 초월하여 의미를 가지는 성인들의 말과 시간 속에서 살아남은 고전을 탐독한다. 나는 가장 큰 규모의 천체물리학과 가장 작은 규모의 양자물리학을 다룬 교양서들을 탐독한다. 나는 다른 사람의 마음속에 들어가볼 수 있는 소설을 읽는다. 나는 그것들을 읽고, 내가 태어나기 한참 전부터 존재했고 내가 죽고 나서도 오랫동안 존재할 글을 읽을 수 있음에, 내가 이해할 수 없는 세상이 엄연히 사실로 존재하고 있음에, 내가 다른 이의 마음을 조금이나마 느껴볼 수 있음에 통쾌해하고 기뻐한다.

그러므로 내가 부정하고 싶은 것은 나의 인간됨이다. 태어나서 이 몸을 가지고 얼마간 적당한 능력으로 살다가 머지않아 죽을 것이라는 사실, 주어진 정도만 보고 듣고 맛보고 느끼며 그 한계 밖을 벗어나볼 수 없으리라는 사실. 나는 누구와도 텔레파시를 주고받을 수 없고 누구의 몸에도 들어가볼 수 없으며 천 년짜리 곡을 다 들을 수도 없다. 그것을 간접적으로나마 가능케 하는 것은 SF뿐이다. 내 서랍에는 소설로 보았으면 하는 여러 개의 아이디어가 있고, 모든 아이디어에는 크고 작은 인간됨의 부정이 포함되어 있다.

모순적이게도 SF는 대개 인간의 조건들을 부정함으로써 더욱 인간을 돌아보게 만든다. 나는 인간됨을 너무나 부정하고 싶어서, 그래서 인간이라는 존재를 그렇게 많이 생각하고 탐구하고 싶었나 보다. 혹은 그렇게 궁금해하다 보니 인간됨을 벗어나고 싶어진 것일까? 어쩌면 인간을 너무 사랑해서 그런 것인지도 모른다. 사랑하지 않는다면 이런 집착을 가질 수도 없을 것이다.

{ }

당신의 혼돈 속에 당신의 행복

2021년 겨울서점 채널에 올라간 영상 중 가장 시청자의 참여도가 높았던 영상은 〈밤 12시, 자기혐오가 찾아올 때마다 읽은 책〉이다. 내가 생각하는 삶의 의미에 대해, 내가 존재의 의미를 회의할 때 느끼는 감정에 대해서, 또 그럴 때 읽는 책에 대해 솔직하게 털어놓은 영상이었다. 댓글창에는 제각기 다른 이유로 느끼는 같은 감정에 대한 토로가 쏟아졌다. 순식간에 수백 개의 댓글이 달렸고, 댓글을 단 사람들은 서로가 비슷한 감정을 느낀다는 사실에 안도했다. 감정의 크고 작음은 다를지라도 수많은 사람들이 삶의 의미를 고민하게 만드는 결정적인 순간을 맞이하며 살아가고 있었다.

왜 살아가는가? 삶의 의미는 무엇인가? 근본적인 질문이 불쑥 솟아오르면 그는 적당한 답을 던져줄 때까지 드러나기를 멈추지 않는다. 세상은 갑자기 다른 모습으로 현현한다. 제어할 수 없는 거대한 세상의 혼돈과 나의 무력함. 지금껏 어디에 숨어 있다가 이제 나타났을까? 나는 계속 살고 있었는데? 그런 감각은 마치 매직아이를 보듯 불현듯 떠오른다. 그동안 늘 그 자리에 있었는데 보지 않았던 것처럼. 또렷하게 볼 힘조차 없어지고서야 내 눈에 보이는 것처럼.

세상의 무질서는 두려움의 원천이다. 그래서 인간은 무질서를 질서로 만들고 싶어 한다. 내가 나를 꼼꼼하게 통제해서 성취를 하면 모든 게 바뀔 수 있다고 말한다. 성취가 자존감의 원천이라고 말한다. 삶의 의미는 거기서 나오는 것이라고 말한다. 무력한 인간이 예측 불가능한 자연을 길들여 풍요를 달성했기에, 우리는 더욱 자연을 조각조각 잘라내어 인간의 것으로 만들어야 한다고 말한다. 우리가 택할 수 있는 방식은 그것밖에는 없다고 말한다. 세계의 혼돈이 크게 느껴지면, 우리도 어깨를 넓히고 털을 세운다. 그것이 근대의 방식이다. 그것이 인간의 방식이다.

데이비드 스타 조던은 물고기에 이름표를 꿰매고 있다. 바닥에 널브러진 물고기 사체들을 하나씩 손으로 집어 들어서, 다른 한 손에 바늘을 들고, 떨어진 이름표를 사체의 살에 꿰매고 있다. 『물고기는 존재하지 않는다』는 이렇게 시작한다. 지진으로 다 엎어져버린 연구의 결과물에 다시 이름표를 찾아 붙이는 한 과학자의 집념으로. 그 광경은 괴이하기도 하고 무섭기도 하다. 그리고 어쩌면, 이 사람에게서 삶의 의지를 배울 수 있을지도 모른다. 그것이 책을 쓴 룰루 밀러의 바람이었다. 지고, 지고, 절망하고, 또 절망해도 흔들리지 않고 바늘을 집어 드는 힘과 끈기.

그것은 18세기 이래의 시대정신이다. 네 지성을 사용할 용기를 가져라! 칸트의 선언은 자연의 꼭대기에 선 인간을 표상한다. 인간의 힘으로 세상을 해석하면 세상은 인간의 것이 될 것이다. 사람들은 확고하다. 박물관, 동물원, 박람회. 무한의 자연으로 존재하던 것들이 갈라지고 분류되고 라벨링 된다. 너른 바다와 강 속을 헤엄치던 물고기는 에탄올이 든 통에 갇혀 아마도 우주의 역사 이래 처음 볼 이름표를 자신의 앞에 달고 있다.

물고기 — '물고기'라는 말은 정말로 이상하다. 그는 살아서는 '고기'이고, 죽으면 비로소 '생선'이 된다 — 에게 지성과 영혼이 있다면, 그래서 막 몸에서 빠져나와서 자신을 바라본다면, 이름표가 붙은 자신의 육체를 보고 무슨 생각을 할까?

이런 이름을 난 가진 적이 없는데.

옆 통의 다른 물고기를 본다면 아마도,

내 가까운 친척은 왜 다른 이름을 달고 있지.

왜냐면 그것은 데이비드 스타 조던이, 혹은 그를 위시한 사람들이 그렇게 하기로 했기 때문이다. 그것은 생선에게 치명적인 일이다. 인간은 자연에게 치명적인 일이다. 우리는 자연과 합의를 한 적이 없다. 자연은 우리와 계약서를 쓴 적이 없고, 쓰자고 했어도 응해주었을지는 미스터리다. 아메리카 대륙의 원주민들이, 노예로 팔려 간 흑인들이 그러한 계약에 응한 적이 없었던 것처럼. 그리고 데이비드 스타 조던은 생선에게 했던 일을 정확히 다른 종에게도 반복한다. 인간이 이름을 붙인다는데 계약을 할 필요는 없다.

모든 게 우리의 손아귀에 들어오면, 그때는 자기혐오를

멈출 수 있을까? 바라던 것을 다 이루고 나면 삶의 의미를 찾을 수 있을까?

삶에는 의미가 없다. 나는 영상에서 그렇게 말했다. 삶에는 의미가 없고, 의미를 만들어가는 것 자체가 우리에게 과제로 부과되어 있기에, 한 가지 답이 없기에 삶이란 피곤한 것이라고. 삶은 우리와 합의를 한 적이 없다. 그리고 삶은 우리에게 관심이 없기에 합의에 응해주지 않을 것이다. 삶은 인간에게 마음대로 통제되고 라벨이 붙을 만큼 약하지 않다. 삶은 혼돈이고, 무질서는 승리하며, 성취는 무너진다. 삶은 인간의 자존감이 편안히 기댈 수 있을 만한 곳이 아니다. 그것을 인정하지 않으면 우리는 영원히 우리 자신을 미워하게 된다.

인간은 태어나기를 삶에게 두 가지 제물을 바치도록 태어났다. 그 두 가지는 노력과 우연이다. 인간이 세상을 정복해나가는 동안 그러한 사실은 어느새 잊혀서 우리는 삶에 덕지덕지 어설픈 이름표를 붙이게 됐다. 우리 삶의 많은 부분은 운과 우연, 사건과 사고로 이루어지며, 운과 우연과 사건과 사고는 혼돈의 다른 이름이다. 혼돈을 보는 눈을 감아버린다면, 그래서 지진이 벌어지고도 바늘을 들고 물고기의 살에 이름표를 꿰매게 되면, 그 바늘이 언젠가 자신의 어리석음을 박음질하리라는 두려움도 슬그머니 잊게 된다.

통제 밖의 세계. 의미가 없는 삶. 그렇기에 겸손하게 노력하는 마음. 그것은 어느 순간 우리를 해방시킨다. 내가 자기혐오에 빠질 때마다, 나의 못남을 탓할 때마다, 나의 삶에 구멍이 나고 균열이 생긴다고 느낄 때마다, 나는 다시 생각한다. 내가 나의 못남을 탓하는 것이야말로 어쩌면 나의 오만일지도 모른다고. 그만 투덜대고, 다시 한 발짝 내디뎌야 한다. 혼돈 속에서 불어오는 바람을 반가이 맞이하며.

일방통행

{ }

친구의 책

친구들이 책을 내고 있다. 살다 보니 책을 낸 사람과 친구가 되기도 하고 오랫동안 친했던 친구가 책을 내기도 한다. 나의 성실하고 유능한 친구들은 참 부지런히도 책을 쓴다. 책만큼 내밀한 매체가 없다는 것을 알고 있는 나는 부끄러워진다. 나의 책을 읽을 나의 친구들과 내가 읽는 친구들의 책이 서로 얼마나 부끄러운지 우리는 설핏 알고 있다. 하지만 그것을 면전에서 내색하지는 않는 것이 대개의 암묵적인 규칙이다. 읽었다는 말을 하지 않아도 읽고 그토록 속내를 보였어도 대놓고 묻지는 않는 것. 이 간질간질함은 책을 쓰는 친구들을 두고 있는 사람의 즐거움이다.

나의 친구들이 내 책을 읽었으리라는 생각을 할 때면 온몸이 달아오른다. 이 부끄러움을 어떻게 해야 할지 잘 모르겠다. 모르는 사람이 내 책을 읽는 것보다 천만 배쯤 부끄럽다. 모르는 사람들 앞에서 춤을 추는 건 하나도 떨리지 않는데 친구들 앞에서 춤을 추면 심장이 튀어나올 것 같다. 모르는 사람들 앞에서 공연을 하는 건 마냥 설레는데 친구들 앞에서 공연을 할 때면 쑥스러워 돌아버릴 것 같다. 내가 온 마음을 다해 집중하는 순간을 보여주는 것이, 여태 서로 보아온 그저 그런 맹꽁이 같은 모습과는 다른 모습의 사람이 되는 것이, 평소에는 하지 않는 진심의 말을 전하는 것이 이토록 부끄러운 건 아마 "사랑해", "고마워", "넌 나의 자랑이야" 같은 말을 직접 하는 것이 쑥스러운 것과 같은 원리에 기초하고 있는 것 같다.

나의 가장 친한 친구가 처음으로 낸 책은 공저자로 쓴 책이었는데, 온갖 고통에 시달리며 쓴 책이고 단독 저서도 아니었지만 그렇게 뿌듯할 수가 없었다. 책에서 만나는 내 친구는 왠지 내가 늘 이야기를 나누는 친구와는 다른 사람 같았다. 자신의 위치에서 최선을 다하고 있는 프로페셔널. 자신의 커리어를 개척하고 사회에 기여하고 있는 멋진 여성. 책에서 친구를 만날 때는 나의 개인적인 사랑의 렌즈를 빼고 사회의 객관적인 렌즈를 잠시나마 체험할 수 있다. 내 친구들도 내 책을 읽으면서 그렇게 느끼고 있을까? 친구들을 위한 페이지를 더 할애해야겠다는 생각이 문득 든다. 그래서 그렇게들 책의 앞머리에 헌사를 넣는 것일까? 나에게는 남편도 아내도 자식도 없고, 학문적 동지나 고양이도 없으니까 그 자리에 사랑하는 친구들의 이름을 넣어도 괜찮을 것 같다.

얼마 전에는 나의 또 다른 친한 친구가 책을 냈다. 근사한 첫 단독 저서다. 친구는 책을 쓰는 내내 괴로워했는데 나는 못되게도 그 괴로움이 반가워 마지않았다. 평소에 무슨 생각을 하는지, 영화를 볼 때는 무엇을 보고, 삶을 바라볼 때 어디에 서 있는지 익히 들어 알고 있지만 책에서 만나는 친구는 또 다른 모습을 하고 있으리라는 것을 읽어보지 않아도 알 수 있다. 나는 또 한 번 두근대는 마음으로 책을 주문한다. 내 친구의 작은 분신이 빨리 도착했으면 좋겠다고 생각한다.

나는 종종 나의 친구들에게 책을 쓰라고 꼬드긴다. 너 정도면 충분히 책을 쓰고도 남는다고 설득한다(그리고 그건 사실이다). 나의 친구들이 책을 많이 써주었으면 좋겠다. 쉽게 전할 수 없는 말들을 고르고 골라 한 자 한 자 써 주었으면 좋겠다. 무엇을 사랑하고 무엇을 증오하고 있는지, 무엇을 바라보고 무엇을 외면하고 있는지, 무엇을 시기하고 무엇을 아끼는지 말해주었으면 좋겠다. 어떤 양말을 좋아하고 어떤 아침을 보내는지 궁금하다. 나는 친구들이 더 알고 싶다. 책을 쓰는 친구들을 두는 일은 정말 근사해!

{ }

애서가가 '우연히' 책을 사는 방식

책을 살 팔자인 날이 (자주) 있다. 오늘이 그런 날이었다. 그러니까 오늘은 총 두 곳의 서점에 갔는데, 두 곳을 통틀어 세 번의 결제를 했다(권수로는 그래도 다섯 권밖에 안 된다). 대체 왜 애서가들은 책에 깔려 죽을 것처럼 굴면서 또 책을 사는가? 대충 이런 식이다.

발단: 오늘 교보문고 빌딩에 가는 일정이 있었음.

광화문 교보생명 빌딩에 가야 하는 일이 있었는데, 이건 뭐 참새와 방앗간의 비유를 들 것도 없이 교보문고에 갈 수밖에 없는 그런 동선이었다고 할 수 있겠다. 일하러

가기 전에 잠깐 교보문고에 들러 책을 둘러보다가 핸드폰에 저장해둔 위시리스트가 생각나 도서 검색을 해보았다. 머릿속으로 유튜브 영상각을 재가며 영상으로 만들면 괜찮을 것 같은 책 두 권을 찾고 있었는데 그중 한 권밖에 없어 그냥 둘 다 사지 않기로 결정했다. 온라인 서점으로 몰아서 다른 책과 함께 주문해야겠다고 생각했다.

전개: 일정이 끝나고 또 서점에 들렀음.

사실은 빌딩 안에서 화장실 가는 걸 까먹어서 화장실에 가려고 들른 건데 서점에 들어갔으면 이미 반쯤은 지갑을 꺼낸 것이나 다름없다. 화장실에 갔다가 책을 둘러보는데 아까 그 두 권 말고 우연히 읽어보고 싶은 책을 발견했다. 《매거진 B》의 시리즈 중 '유튜브' 편이었다. 평소에는 《매거진 B》에 별 관심이 없었지만, 내 본업이 유튜버일진대 이 호를 안 살 수가 있나. 빨간색 표지에 홀렸는지 유튜버의 직업 정신이 발동한 것인지 한 치의 망설임도 없이 집어 들었다. 카운터에서 계산하고 나왔다.

위기: 버스에 탄 김에 버스 노선상에 있는 다른 교보문고의 재고를 검색함.

아까 사기로 생각했던 두 권의 책을 검색했는데 두 권이 다 있는 거다. 심지어 두 권 다 재고가 한 권씩이었다.

이왕 가는 동선에 있으니 들러서 바로드림으로 받아야겠다는 생각이 들어 두 권을 바로드림 장바구니에 넣었다. 근데 오늘은 유난히 쇼팽 폴로네이즈 6번에 끌리는 날이었고, 내내 그걸 듣고 있었고, 요새 피아노 레슨에서는 쇼팽 스케르초 2번을 붙잡고 고심하고 있었던 터라 사는 김에 쇼팽 책도 사기로 했다. 스케르초 2번을 해석하기 위한 배경지식의 필요성을 느끼고 있던 터였다. 전부터 봐두었던 『쇼팽, 그 삶과 음악』을 찾아보니 같은 서점에 재고 한 권이 있었다. 역시 운명이야, 생각하면서 그 책도 장바구니에 넣어 함께 결제했다.

절정: 두 번째 교보문고에 가서 추가로 책 한 권을 삼.

바로드림으로 세 권을 받고 나서 서점을 둘러보는데 문득 며칠 전에 본 트위터 글이 생각났다. 원래도 사고 싶었던 책인데 그 책의 인용문이 마음에 진득하게 남은 것이다. 인용문의 요는, 텍스트의 추상성 때문에 책에 대한 진입 장벽이 높아 점점 책을 읽는 사람과 읽지 않는 사람으로 양극화됨으로써 문화자본에 있어서도 계급의 양극화가 심해질 것이라는 것. 책 제목이 『유튜브는 책을 집어삼킬 것인가』인데 솔직히 책을 다루는 유튜버가 이걸 읽지 않는 건 직무유기라는 생각이 든 데다가 트위터 글이 강렬하게 기억에 남아서 온 김에 사야겠다고 생각했다. 샀다.

결말: 읽으려고 들고 나간 책 두 권과 새로 산 책 다섯 권을 이고 지고 집에 옴.

집에 도착해서 알콜 티슈로 책 다섯 권을 박박 닦으면서 이게 무슨 팔자란 말인가 생각했다가 새로 산 책 목록이 또 마음에 들어서 싱글벙글한 표정이 됐다. 책장과 책상에 책이 넘쳐나는 홈 스윗 홈.

그렇게 애서가는 쌓여가는 책을 두고 투덜대면서 또 책을 사고 사고 습관처럼 사고 마는 것이다. 순식간에 불어나는 책을 대책없이 바라보면서, 그걸 또 행복해하면서. 이건 그저 팔자이고 피할 방법일랑 없으니 즐기는 편이 낫다.

{ }

서서 읽는 만화책

곤란한 상황에 처해 있다. 할 일이 한 바가지인데 『소년탐정 김전일』의 후속작인 『김전일 37세의 사건부』가 벌써 4권까지 나왔다는 사실을 알게 되었기 때문이다. 『소년탐정 김전일』에서 무슨 짓을 해도 도대체 고등학교를 졸업할 생각이 없었던 김전일이 어느새 서른일곱 살이 되어 또 사선을 넘나든다고 하니 이것 참 안 볼 수가 없지 않은가. 그 사실을 알게 되자마자 『소년탐정 김전일』의 전자책을 통째로 사버렸고 아직 전자책이 나오지 않은 『김전일 37세의 사건부』는 종이책으로 사버린 것이었다. 못살아 정말.

밥 먹을 때마다 잠깐씩 『소년탐정 김전일』을 읽었는데, 이미 어렸을 때 에피소드마다 다섯 번 이상은 읽은 만화책인데도 새로웠다. 물론 오랜 시간이 흐르고 나서 다시 읽어보니 차마 눈 뜨고는 못 봐주겠는 다채로운 성차별적 언행과 성희롱이 난무하고 있어 대체 이걸 읽고도 어떻게 태연했는지는 이해가 가지 않는다. 사실 이 만화책을 처음 본 건 아주 어릴 때였는데, 당시 성인이었던 언니가 빌려 온 걸 옆에서 슬쩍 읽어보다가 정작 내가 푹 빠지게 되었다. 이 잔인한 만화책을 어릴 때 읽은 건 전혀 권장할 만한 일이 아니었던 것 같지만.

학창 시절 내내 시험 기간이 끝나는 날이면 시험이 끝난 것을 기념해 떡볶이를 먹고 만화방에 들르는 것이 일종의 세레모니였다. 아파트 상가 지하에 포진한 만화방이나 집 앞 시장 끄트머리에 있던 만화방에 선불을 맡겨놓고 가끔씩 들락거렸다. 지금이야 만화카페라는 이름으로 라면과 동굴방이 제공되지만 그때의 만화방이란 몇몇 곳을 빼고는 대개 앉을 곳이라고는 없는, 말 그대로 대여점이었다. 두 겹으로 된 서가를 이리 밀고 저리 밀며 만화책을 찾아가지고는 그 자리에서 꺼내 서서 읽었다. 아무리 배짱이 두둑해도 서서 다 읽을 수는 없으니까 몇 권을 뽑아서 주춤주춤 카운터로 가는 것이었다. 가끔 흥미가 동하는 날이면 옆에 잔뜩 진열된 비디오도 구경하고, 그러다 한두 개의 비디오를 꺼내 함께 빌렸다.

결국 어떤 만화책은 3권까지 읽다 말고, 어떤 만화책은 10권까지 읽다 말았다. 듬성듬성 만화방에 가니 전에 읽었던 내용이 기억나지 않아 몇 번씩 1권부터 다시 읽기도 했고, 어떤 만화책은 한참 기다리다가 포기하기도, 한 12권까지 읽은 만화책은 중간부터 다시 읽기가 애매해 포기하기도 했으니까. 이건 만화카페와 전자책과 웹툰의 시대에는 비교적 줄어든 일인 것 같다.

사람들이 서서 먹고 빨리 나가야 해서 '서서갈비'라는 이름이 붙은 음식점들이 있다. 지금은 '서서갈비'라는 이름이 붙은 그 어느 곳에서도 사람들은 서서 갈비를 먹지 않는다. 지금의 만화카페는 '서서만화' 정도가 될까. 아무도 더 이상 서서 만화를 읽지 않는다. 전자책으로 산 몇 편의 만화를 넘기며, 왠지 너무 쉽게 구해서 아쉽다는 생각도 조금은 든다. 다 읽은 만화책을 검은색 봉다리에 담아 만화방을 향하며 다음 이야기를 궁금해하던 때의 설렘 같은 것이 사라졌달까. 하지만 만화책에 누군가가 볼펜으로 사람 얼굴에 동그라미를 쳐놓고 '범인' 같은 걸 써놓지 않는다는 건 정말 좋은 일이다. 찢어진 페이지도 없고, 라면 국물도 없고, 무겁지도 않고, 작가에게 저작권료도 돌아갈 테고……. 게다가 앉은 자리에서 만화책 여러 작품을 완결까지 볼 수 있다는 건 큰 장점이다. 생각할수록 전자책 정말 좋네. 내친김에 전자책으로 수십 권짜리 세트를 몇 개 샀다. 이왕 이렇게 된 거 만화책으로도 구매자 순위 상위권을 찍어볼 생각이다. 명탐정…… 은 아니지만 북튜버의 명예를 걸고!

금연구역

{ }

작가 살려 퇴고 살려•

출간기-1

곧 세상에 나올 『책의 말들』 조판 원고를 책상에 올려 놓고 째려보고 있다. 조판 원고가 뭐냐면 워드 파일 상태로 넘긴 원고를 그 책의 판형과 디자인에 맞게 배치한 원고다. 조판된 상태로 몇 번의 퇴고와 교정이 오가고, 표지 디자인이 나오고 나면, 드디어 인쇄에 들어간다. 출간의 7부 능선쯤 된다고 할 수 있다. 그러니까 나는 지금 7부 능선에 엎드려서 울고 있다.

• 이 글과 뒤이어 실린 「출간을 한 주 앞둔 작가는 무슨 생각을 하는가」와 「그만 찾아봐야 해 내 책 이름을」은 『책의 말들(2021)』을 펴낸 시점에 쓴 원고들이다.

지금까지 몇 권의 책을 내면서 항상 가장 즐거웠던 과정이 조판 원고를 살펴보는 과정이었다. 같은 글이라도 모니터가 아닌 종이에 써 있으면 다르게 읽히고 또 판형이 다르면 다르게 읽힌다. 내 글이 독자에게 전해질 모양에 가깝게 읽을 수 있는 최초의 기회이기 때문에 이 책이 어떤 책이 될지 정확한 전망이 보인다. 이제 때 빼고 광 내서 독자들에게 선보이기만 하면 된다. 정말 거의 다 왔구나, 하고 마음이 두근거리게 되는 것이다.

그런데 이번에는 거기 엎드려서 울고 있다 이 말이다. 문제는 이 원고에 너무 많은 시간과 정성이 들어갔다는 것이고 더 큰 문제는 그럼에도 불구하고 글이 한없이 부족하게 보인다는 것이다. 정확한 전망은 곧 정확한 아쉬움이다. 한 페이지 한 페이지 넘길수록 이 글은 별로, 이 글은 글쎄, 이 글은 흠…… 을 반복하느라 지금 스물일곱 번째 글까지밖에 못 봤다. '말들' 시리즈는 총 100편의 글을 엮어 책으로 만드는 시리즈이기 때문에 4분의 1 정도밖에 못 봤다는 소리다. 평소 같았으면 하루에 퇴고를 끝냈을 분량이다.

이번 책은 그 어느 때보다 솔직해 공포스럽다. 어떤 글들은 사족처럼 보이기도 한다. 나 자신에게 어떤 책이 될지, 독자들에게 어떻게 읽힐지 두렵다. 원고를 쓰면서는 빨리 독자들에게 보여주고 싶다는 마음이 가득했는데 그 자신감은 다 어디로 간 것인지. 미쳤던 게 아닐까? 이걸 빨리 보여주고 싶었다고? 잠깐 악마에 홀렸나? 아니면 아이패드의 힘이었나? (원고를 아이패드로 썼다.) 잡스 선생님 이게 다 무슨 일인가요?

책을 쓰는 건 늘 부담스러운 일이다. 책 속의 나는 취약하고, 그 어느 때보다 비관적이다. 머리로는 인간 김겨울과 작가 김겨울과 유튜버 김겨울을 분리해야 한다고 생각하고 실제로도 그렇게 하려고 노력하지만 어쨌든 다 김겨울이니까 완벽히 분리할 수 있을 리가 없다. 내 책에도 내가 있고 내 유튜브 영상에도 내가 있다. 그게 100% 나의 모습은 아니더라도 또 100% 아니라고 말할 수도 없는 것이다. 몇 달 주기로 분리가 되었다 안 되었다 한다. 사람들이 모르는 나를 남겨두려 부단히 노력하지만, 언제까지 얼마나 유지할 수 있을까?

그래서 책을 쓰면 쓸수록 나는 왠지 맨살을 드러내고 눈 오는 한가운데 선 표정이 된다. 다 망했어, 나는 얼어 죽을 거야, 따위의 쓸데없는 소리가 딱딱 부딪히는 이 사이로 오간다. 독자들은 제법 너그러우리라는 것을 알면서도. 응원해주는 사람들이 있다는 것을 알면서도.

한편으로 그만큼 나는 너그러운 독자가 되어가고 있다. 어떤 책이든 비판하긴 쉬우니까 이왕이면 책의 좋은 점을 발견하고 싶다. 그게 독자로서의 나에게도 알찬 독서가 될 것이라고 믿고 있다. 저자의 가장 취약한 맨살을 보고 있다고 생각하고 조심스럽게 다가가는 쪽이 좋다. 작가로서의 나는 독자로서의 나도 바꿔가고 있다. 그게 책 쓰기의 성과라고 하면 너무 소소한 것일까?

7부 능선의 고생만큼 좋은 책이 나올 수 있겠지. 나는 다시 일어나서 원고 뭉텅이를 책상 한가운데로 가져온다. 괜찮다. 누군가는 이 책을 너그럽게 읽어줄 것이다. 나만 나에게 너그럽지 않으면 된다. 그렇게 끝까지 오르면 된다.

{ }

출간을 한 주 앞둔 작가는 무슨 생각을 하는가

출간기-2

거의 1년여를 쓴 책의 작업이 막바지 단계에 접어들었다. 2020년 2월부터 쓰기 시작해 11월에 마무리한 책이다. 조판 후 몇 번의 교정을 거쳤고, 제목과 표지가 확정되었으며, 발행일 역시 정해졌다. 지금까지 몇 권의 책을 쓰면서 추천사를 받아본 적은 없었는데 이번에는 처음으로 엄청난 분께 근사한 추천사도 받았다. 몇 가지를 최종적으로 결정하고 나면 지금 원고를 쓰고 있는 시점을 기준으로 다음 주에 책이 내 손에 들려 있을 것이고, 이 글이 게재될 때쯤에는 온라인 서점에 판매 등록도 되어 있을 것 같다.

『책의 말들』은 책과 관련된 100개의 문장과 그에 관련된 글 100편으로 이루어져 있다. 계약을 할 때만 해도 책에 관한 100개의 문장을 찾는 것도, 그에 관련된 100편의 글을 쓰는 것도 별로 어려워 보이지 않았다. 에이, 5매짜리 글 100편 못 쓰겠어? 이야, 못 썼다. 못 쓸 뻔했다고 하는 게 더 정확하겠다. 책과 작가가 되도록 겹치지 않게 100개의 문장을 고르는 것은 생각보다 어려운 일이었다. 인용하고 싶은 책에서는 책에 관련된 문장이 나오지 않았고 인용하기에 완벽한 문장은 여러 개가 같은 책에서 연달아 나왔다. 괜찮은 문장을 발견했다가도 이미 쓴 글과 내용이 겹쳐버리기도 여러 번이었다. 더 좋은 문장을 찾으려고 집에 있는 책장을 탈탈 털다 못해 서점을 돌아다니며 아는 책들을 이 잡듯이 뒤졌다.

문장을 찾고 나면 글을 쓰는 새로운 고민의 시간이 시작됐다. 100편의 글을 되도록 겹치지 않는 내용으로 쓰는 것도, 한 편당 5매가 되지 않는 짧은 분량으로 쓰는 것도 새로운 도전이었다. 어떤 이야기를 해야 할까. 책에 관련된 글만으로 100편을 쓰는 것은 무리였고 읽기에도 재미가 없을 것 같아 글의 주제에는 제한을 두지 않았다. 그 덕에 어린 시절의 추억부터 지금의 사회에 대한 비판까지 온갖 주제가 다 들어갔고, 글의 형식도 편지부터 단상까지 다양해졌다. 시적인 글도 철학적인 글도 일기 같은 글도 얼굴을 비춘다. 요컨대 이번 책은 김겨울의 몸부림이라고 할 수도 있다. 하지만 제한이 있다는 건 그만큼 도전할 수 있다는 뜻이었기 때문에 나름대로 재미있는 경험이었다. 어차피 세상에 쓰기 쉬운 책은 없으니까.

이게 이런 경험인 줄 알았으면 시작할 때부터 다른 마음가짐으로 다른 책을 썼을 것 같다. 마치 삶을 살고 나서야 어떻게 살았어야 했을지 감을 잡게 되는 것처럼. 하지만 기회는 한 번뿐이고, 이게 나의 최선이었음을 인정하는 수밖에는 없다. 이제 공은 넘어갔다. 이 책은 이제 독자들의 것이다. 아, 정말이지 벌써부터 부끄러움에 몸부림치고싶다.

편집자님께 보내는 메일에는 그라데이션 부끄러움이 담겨 있다. 편집자님, 이 책 괜찮을까요? 편집자님, 저 너무 부끄러워요……. 편집자님, 어떡하죠 출간이 다가올수록 부끄러워 죽을 것 같아요……. 책을 쓸 때마다 쌓이는 것은 지친 저자의 부끄러움이다. 이렇게 죄를 쌓다 죽으면 죽은 작가들이 상주하는 심판대 같은 데에 끌려가서 유죄를 선고받고 죽도록 깜지를 베끼는 지옥 같은 데에 가는 게 아닐까? 이미 쓴 책들과 계약한 책들이 한두 권이 아니니까, 만약 그렇다면 이미 망한 것 같다. 어쩔 수 없지. 괜찮다. 나는 눈물의 깜지를 쓸 준비가 되어 있다! 지옥에 갈 때 가더라도 글은 다 쓰고 갈 것이다!

{ }

그만 찾아봐야 해 내 책 이름을

출간기-3

책이 인쇄되고 나면 저자의 심장박동은 세 번 빨라진다. 온라인 서점의 서지정보 페이지가 열리는 걸 기다리면서, 페이지가 열리고 나면 책이 나왔다는 소식을 소셜미디어에 홍보하면서, 마지막으로는 온라인 서점의 리뷰와 판매지수를 보면서. 1월 마지막 주 월요일에 책이 인쇄되었다는 소식을 듣자마자 식은땀이 났다. 네 번째 단독 저서니까 좀 익숙해질 법도 한데, 어디에서도 꺼낸 적 없는 이야기들로 가득한 책을 내고 나니 약간 돌아버릴 것 같았다. 와, 이게 정말 나왔구나. 이제는 돌이킬 수가 없구나. 이 글이 사람들의 손에 들리고 읽히겠구나. 어쩌면 좋

아. 그러면서도 온라인 서점의 페이지가 열리기만을 기다렸다. 그렇게 떨면서도 사람들에게 어서 소식을 전하고 싶었다.

연락을 받은 바로 다음 날 인쇄된 책을 받았다. 아직 몇몇 온라인 서점에서는 시간이 걸리는 모양이었다. 유튜버답게 책 언박싱을 촬영했는데 촬영을 하고 나니까 더 긴장됐다. 얼마나 긴장됐느냐면 이 영상을 언제 올릴지 고민하며 혼비백산하는 모습을 보고 영상 편집자님이 "진정하시라"고 했다. 어떻게 진정해야 할지 나는 진정 몰랐네…… 일단 급한 마음으로 먼저 열린 페이지부터 공유했다. "책이 나왔습니다. 예쁩니다." 페이스북과 트위터, 인스타그램에 링크를 올리고 간단한 소개를 덧붙였다(박이 아름답게 빛나는 표지이기 때문에 추후에 영상을 추가했다). 이제부터는 쑥스럽더라도 적극적으로 책을 어필할 필요가 있었다. 친한 친구들에게도 메신저로 소식을 전했다.

며칠 뒤 출판사에 들러 친필 사인본을 만들었다. 마케팅에 유용하게 쓰일 책들이었다. 그 밖에도 출판사가 백방으로 노력해 얻은 여러 소식들이 있었다. 편집자님과 마케터님이 분주히 소식을 알려주는데 종류가 여러 가지라 정신이 혼미했다. 그러니까 어디에 뭐가 올라간다고

요? 당장 그 주 주말에 교보문고 '오늘의 책' 코너에 올라간다고 했다. 뭐지? 왜지? 왜 책을 내자마자 이런 소식이 들려오지? 당황스럽네. 혼란스러워하는 나보다 편집자님이 더 기뻐해주어서 감사했다. 1년 동안 글을 쓰며 방황하고 주저하던 저자를 여기까지 끌어주었으니 사실 이 기쁜 소식들의 주인은 편집자님이 되어야 하는 것인지도 모른다. 편집후기를 쓰게 되었다길래 음흉하게 웃으며 빨리 올려달라고 말씀드렸다. 이 책의 첫 번째 독자이자 선장이었으니까, 무슨 생각을 했을지 너무 궁금해서.

그렇게 한 주를 정신없이 보내고 나니 이제는 슬슬 책이 배송되어 읽히는 시점이다. 아침마다 손을 파르르 떨며 서점의 판매지수와 순위를 확인하는 습관을 버려야 하는데. 벌써 리뷰를 쓴 사람이 없을 텐데 괜히 네이버에 "책의 말들"(따옴표를 붙여야 정확히 이 단어가 포함된 글이 나온다) 같은 단어를 쳐본다. 검색했다가 차마 결과는 못 보고 도로 네이버 홈으로 돌아가기를 여러 차례. 마음이 힘들어 유튜브 댓글을 제대로 못 보게 된 지 몇 달 된지라 책은 더욱 엄두를 못 낸다. 그래도 초반 독자들은 아주 혹평을 하지는 않을 것이라는 믿음으로 찾았다 지우고 찾았다 지우고…… 다들 어떻게 읽고 있을지 궁금하다. 내가 온 마음을 기울여 쓴 문장이 거기서도 빛났는지. 내가 주저하며 쓴 글이 따뜻하게 읽혔는지. 읽으면서 무슨 생각을 하셨는지.

어젯밤에는 편집자님께 편집후기를 받았다. 공개되기 전에 먼저 메일로 보내주셨는데, 흐흐, 하고 열어봤다가 훌쩍이며 닫았다. 이런 마음이 담긴 책을 만들고, 내고, 그걸 사람들이 사고 읽어주고 있다는 사실이 정말로 큰 위로가 된다. 이 책을 좋아하지 않는 사람도 있을 수 있겠지만, 아무렴 괜찮다는 생각이 든다. 그래도 검색은 계속하게 될 것 같지만.

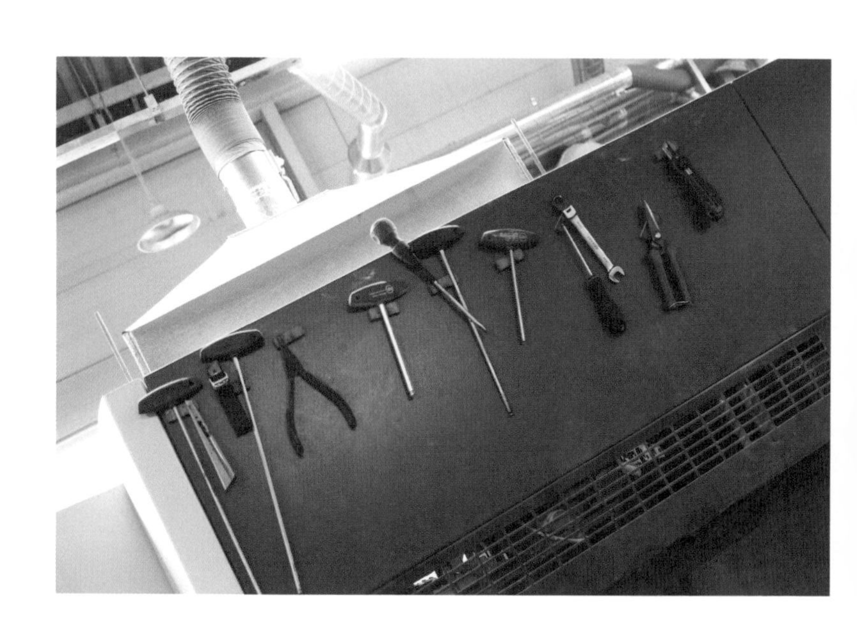

{ }

'젊은' '여성' '작가'

내가 쓴 모든 책의 반응을 적극적으로 검색해보지는 않지만 소셜미디어에서 '책의말들'과 '겨울서점' 키워드를 팔로우하는 성의는 보이고 있다. 어쨌든 책을 쓴 사람으로서 책에 대한 독자들의 반응을 읽는 것이 즐겁기도 하고 저자로서 느끼는 바도 많기 때문이다. 같은 책을 읽고 떠올리는 생각이 이렇게나 다를 수 있다니. 내가 드러내지 않은 감정까지도 읽어내는 독자들을 보면서 독자란 이토록 무서운 것이다, 생각하는 것이다.

물론 좋은 말만 있는 건 아니라서 흠칫 놀라게 될 때도 있다. 그 내용이 이해할 수 있는 근거에 기반한 비판이거나 책의 어쩔 수 없는 한계일 때는 나도 고개를 끄덕이며 읽는다. 나를 당황시키는 건 그렇지 않을 때다.

매주 얼굴과 목소리를 드러내고 생각을 이야기하는 직업을 가졌으니 나를 아는 사람들은 내가 '젊은', '여성'이라는 것을 안다. 유튜브 채널을 보지 않고 책부터 읽었거나 책만 읽은 독자들과는 달리 유튜브를 한 번이라도 본 독자들은 나의 상을 머릿속에 그린 상태로 책을 읽게 된다. 말과 글은 본디 매우 다르고, 『책의 말들』은 특히 유튜브에서는 드러내지 않았던 모습과 생각을 많이 담은 책이지만, 그럼에도 독자들은 자연스럽게 내 목소리로 책을 '들을' 것이다. 그 순간부터 책은 피할 수 없이 한 가지 속성을 지니게 된다. '젊은 여성의 에세이'.

어떤 독자가 책에 대한 감상을 남기며 '니가'라는 표현을 쓴 것을 보았다. 그 표현을 읽고 잠시 생각에 잠겼다. 이 독자는 다른 작가도 같은 호칭으로 부를까. 이것은 순수하게 내가 나이와 얼굴을 드러낸 사람이기 때문에 듣게 되는 호칭이 아닐까. 작가로서 고민한 시간을 단숨에 뭉개는 나이의 함정이란 무엇일까. 이내 이런 고민을 하고 있다는 것 자체가 내가 나이와 얼굴을 드러낸 사람이기 때문에 하게 되는 고민임을 깨달았다. 이것 참 피곤한 일이네. 다른 작가들도 비슷한 고민을 할까. 이런 피곤한 무한 반복.

다른 젊은 여성 작가들의 책에 달리는 코멘트와 읽지도 않은 독자들에 의해 무차별적으로 달리는 한 개짜리 별점을 보면서 나는 그들이, 아니 우리가, '작가'로서 마주하는, 온몸으로 밀어붙이고 있는 한계를 보곤 한다. 삶에서 길이 퍼올린 이야기가 피해의식이 되고 보편성의 결여가 되고 무게감의 부족이 되는 그 단단한 벽을.

감사하게도 책은 나온 지 얼마 되지 않아 판매부수 만 부를 막 넘어섰고, 다행스럽게도 소규모 북토크도 성공적으로 열었다(실은 그래서 편안한 마음으로 쓸 수 있는 글이기도 하다). 많은 이들의 축하를 받으면서 작가의 일에 대해 생각했다. 그럼에도 불구하고 쓰지 않을 수 없는 삶의 증언과, 부끄럽지 않은 글을 쓰기 위해 애쓸 모든 시간과, 그렇게 넘어서게 될 벽을, 생각하고 또 생각했다.

{ }

몸을 짓는 일

가끔 생각한다. 호스피스 병동에 입원하는 사람들에게 묻곤 한다는 질문. 조금 정신이 흐려지더라도 고통을 줄이는 쪽을 원하세요, 통증이 있더라도 정신을 유지하기를 원하세요. 이 물음에 자신 있게 후자를 선택하겠다고 말하는 사람은 지금의 몸에 아픈 부분이 없거나 큰 아픔을 이겨낸 경험이 있는 강인한 사람이리라. 지금 무슨 생각을 하든 실제로 그 상황에 처하지 않고서는 내가 어떤 선택을 할지 알 길은 없다. 요컨대 정신은 몸이며, 몸 이상의 정신을 가질 일은 평생 구도자로 살지 않는 이상은 없다.

책은 책의 몸을 가진다. CD는 CD의 몸을 가진다. 트위터는 트위터의 몸을, 영화는 영화의 몸을 가진다. 각각의 몸은 그 정신을 전달하는 역할을 넘어 제한하는 역할을 한다. 책은 책이라는 몸의 제한 속에서 정신을 구현한다. 사각 종이의 한 모서리가 묶여 있고 그 앞뒤가 표지로 보호된 책은 독자의 몸이라는 물리적 한계를 따른다. 인간의 몸보다 큰 책을 만들 수는 있겠지만 그런 책은 읽히기 위한 목적보다는 기념물 내지는 오브제로서의 목적을 가질 것이다. 보통의 책은 아무리 길어져도 1,500페이지를 넘기기 쉽지 않다. 책이 창고의 공간을 점유하고 독자의 책장에 꽂혀야 하며, 물류 센터 직원과 서점 직원과 독자가 책을 들고 옮길 수 있고, 독자가 책을 읽을 수 있어야 하기 때문이다. 요컨대 정신은 몸의 제한을 통과한 후 구현된다.

북디자이너이자 타이포그래피 전문가인 유지원 작가를 인터뷰한 적이 있다. 그는 김상욱 교수와 함께 쓴 책인 『뉴턴의 아틀리에』를 직접 디자인하면서 어떤 점들을 고민했는지 이야기했다. 물리학자와 함께 내는 책이므로 물성이 고려된 디자인을 해야 한다는 것이 그의 원칙이었다. “그렇지 않으면 이 책은 거짓말을 하는 물건이 되니까요.” 정신과 몸이, 내용과 형식이 일치하기를 바라는 마음.

테드 창의 『네 인생의 이야기』가 그 주제 의식대로 시간을 뒤섞는 방식으로 서술되어 있는 것이나, 사데크 헤다야트의 『눈먼 올빼미』가 그 황폐한 마음을 훤히 드러낸 책등의 붉은 실로 구현한 것을 볼 때와 비슷한 쾌감이 느껴졌다.

영상을 올리면서 영상의 몸을 본다. 춤을 추고 운동을 하면서 아드레날린으로 피어나는 정신을 감지한다. 곧고 유연하고 군더더기 없는 몸을 만들고 싶다고 생각한다. 나보다 책이 주목받을 수 있는 영상, 전달해야 하는 내용과 삭제해도 되는 내용이 잘 구분되어 있는 대본, 보는 사람의 눈과 귀를 편안하게 유도하면서도 흥미를 잃지 않게 하는 영상의 색, 디자인, 말투와 감정, 손짓. 한편으로는 달리고 싶다는 충동, 달리면서도 평온한 호흡, 춤을 추며 끝까지 뻗은 손, 안으로도 밖으로도 휘는 척추, 호흡과 함께 움직이는 몸. 공감이라는 찌르르한 뇌의 신호도 무뎌지지 않게 연마하기. 살아 있는 몸을 만들고 유지하는 일이 나의 정신을 이끌 것을 생각하며 뛰고 추고 읽고 보고 쓰고 만든다. 이것만 할 수 있어도, 아니 이걸 할 수 있다면 충분히 잘 살았다고 말할 수 있을 것 같은데.

3부

재미없는 사람

{ }

재미없는 사람

재미없는 사람이 됐네.

한국 나이로 서른셋, 그러니까 이제는 서른하나라고 불러야 할 나이가 되었을 때 나 자신에 대해 내린 평가였다. 진지하고 감정 없고 무신경한 사람. 생활을 수습해보겠다고 프로페셔널한 태도로 일이 들어오는 족족 해치우다보니 그 용도에 맞게 무슨 챗GPT 같은 사람이 되어 있었다. "김겨울은 어떤 사람이야?" "김겨울은 1991년에 대구에서 태어난 한국의 작가로, 유튜버로도 알려져 있습니다." "김겨울 노잼 사건에 대해 설명해줘." "김겨울 노잼 사건은

2023년 서울에서 발생한 사건으로, 김겨울이 자신이 가진 능력에만 집중하다가 아무도 웃길 수 없는 사람이 된 사건입니다."

솔직히 고백하면 나는 강연을 할 때 사람을 웃기는 것을 좋아한다. 강연을 하다 보면 놓치고 싶지 않은 순간이 있고, 나는 이미 다년간의 경험으로 어떤 순간에 어떤 호흡으로 무슨 말을 해야 사람들이 웃는지 알고 있다. 내가 말을 던져서 사람들이 와르르 웃을 때의 그 기쁨! 말과 말 사이의 호흡만으로 터뜨릴 때의 보람! 게다가 대개 내 강연의 주제는 놀라울 정도로 재미가 없으니까("뉴미디어 시대 독서의 기쁨", "숏폼의 시대에 책을 읽는 이유") 웃겨야 한다는 약간의 의무감도 있다. 두 번의 큰 웃음, 아, 오늘 좋았다. 하지만 강연장이 아닐 때는 절망적일 정도로 유머의 타율이 낮다. 그들이 모두 삶을 향해 흩어지고 개인이 되어 다가올 때 나는 업데이트가 덜 된 로봇처럼 굴어버리고 마는 것이다. 요컨대 나는 개인적으로 아는 사람에게 약하다. 얼굴과 얼굴을 맞대고 이야기를 나누는 진솔한 자리에서는 여지없이 등장하는 인공지능적 자아. 뚝딱뚝딱. 안녕하십니까. 삐걱삐걱.

문제는 집을 너무 사랑한다는 점이다. 정확히는 고독을

사랑한달까(19세기 사교모임에서 여자를 유혹하는 남자의 멘트라든지 중학교 교실에서 상념에 잠긴 학생의 혼잣말처럼 들리지만 나는 진심으로 담백하게 쓴 말이다). 대부분의 경우 나는 누가 불러내지 않으면 잘 나가지 않는다. 밥도 혼자 먹고 여행도 혼자 다니며, 심지어 그걸 즐긴다. 유머라고는 어디 구들장 아래에 내팽개쳐두고 녹스나 마나 신경도 쓰지 않는 상태가 되어버리는 것이다.

그러므로 나의 재미 그래프를 그리면 다음과 같다.

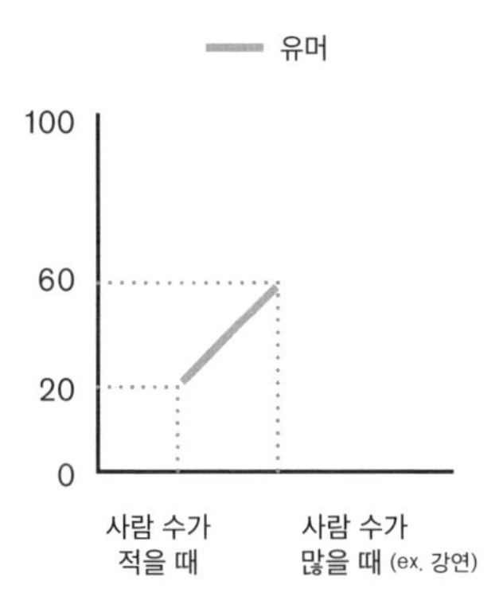

절망스럽기 그지없다. 유머를 갈고 닦아야 했을 학창시절에 뭘 했는가! 음, 대충 짐작하겠지만 다른 일로 좀 바빴다. 바쁘지 않았더라도 유머러스한 인간이 되는 데에 성공했을 것인가? 거기까진 생각하지 말자. 진짜 슬퍼지니까. 애초에 사람을 웃길 수 없는 사람도 존재하지만 강연장에서의 나는 제법 웃기는 편이니까 이 가능성은 제외하는 쪽으로 합의를 보겠다.

여기서 드는 의문: 강연이나 공연이 아닌, 소수가 모인 모임에서도 웃기는 사람이 있는가? 어쨌든 세 명이 넘어가기만 하면 권력과 역동이라는 게 생기니까 유머의 가능성도 커진다. 세네 명 정도의 사람이 모여도 웃기는 사람은 웃길 수 있다. 다만 일대일이 문제인데, 일대일의 자리는 광대가 되기에 너무 힘든 자리다. 일대일로 만났는데 웃기다면 서로 죽이 정말 잘 맞거나 한쪽이 기가 막힌 광대이지 않으면 안 된다. 하지만 여전히 그런 기가 막힌 광대들이 존재하기는 하니까, 역시 '유잼'이라는 말을 쓰려면 그쯤 되어야 하는 게 아닌가 싶다. 이렇게 말하면 마치 세네 명이 모이면 웃길 수 있다는 말처럼 들리겠지만 사실 세네 명이 모여도 나는 대쪽 같은 노잼이다.

그러나 중요한 사실. 노잼에게도 장점은 있다. 그리고 나는 그 장점을 무척 많이 가지고 있는데, 바로 잘 웃는다는 것이다. 세상에 유잼 인간만 존재하면 웃는 건 누가 해? 그걸 내가 한다. 나는 진짜 잘 웃는다. 웃어라! 그러면 웃는다. 리액션이 인간이 되면 대충 김겨울같이 생겼을 것이다. 나는 말하는 사람에게 최선을 다해 집중하고, 까르르까르르 잘도 웃는다. 유잼 인간을 위한 고체 연료랄까. 나 자신의 안면 근육과 몸통과 손짓은 유잼 인간의 흥을 돋우는 데에 바쳐져 있다. 정말 친한 소수의 사람만이 쓰잘데기가 없는데 심지어 재미까지 없는 말을 줄줄이 늘어놓고 혼자 신나게 구는 나의 모습을 볼 수 있다. 웬만한 자리에서 나는 보통 듣고 웃는 일을 맡고 있으며, 그것을 제법 자랑스럽게 여긴다. 웃기는 사람이 있으면 웃는 사람도 있어야 하니까.

그러므로 그래프는 이렇게 수정될 수 있다.

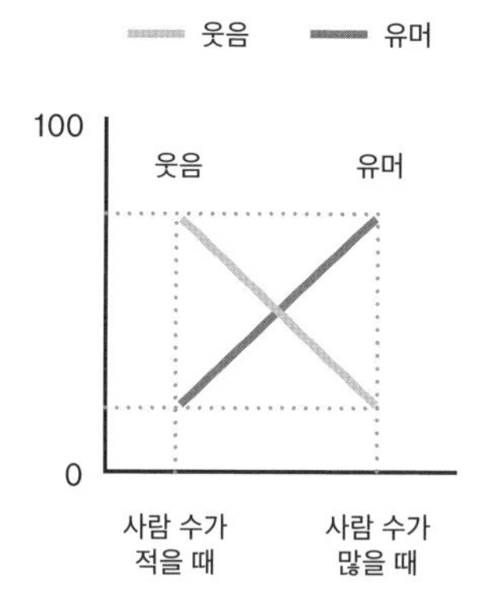

물론 나도 안다. 이건 세 살까지 다른 개를 한 번도 만나보지 못한 개가 시간이 흘러서 다른 개와의 인사법을 처음 배우고 어색해하는 일과 비슷하다. 어색하니까 열심히 듣고 웃는다. 유머를 던질 기세를 잡지도 못하고, 다짜

고짜 친근하게 굴지도 못한다(그럴 생각도 별로 없다). 나는 사람들 사이에 촘촘히 놓인 퍼즐 사이에서 최적의 구석 자리를 찾아가서 냄새를 맡은 뒤 털썩 엎드린 소심한 개다. 그다지 매력도 리더십도 없겠지만, 그만하면 대충 괜찮다. 재미는 없어도. 다 재밌으면 어떡하냐. 나 같은 사람도 있는 거지(하지만 이런 나도 철학과 대학원에서는 광대에 속하는 것 같다. 이견이 있으신 원우분은 책을 내십시오).

재미는 없지만 잘 웃는 친구니까 이제 말만 줄이면 될 것 같은데 말이 좀 많다. 네 명 이상 모인 자리에서 괜히 할 말이 없으니까 내가 아는 이런저런 소식을 꺼내려고 할 때마다 뒤통수에서 망치가 나와서 내 입을 좀 때려줬으면 좋겠다. 그거 아무도 관심 없어! 하지만 아무도 나의 입을 막을 수 없으셈. 결심은 팔랑팔랑 날아가고 나는 또 어제 본 기사와 오늘 본 트윗과 내일 갈 장소의 소식을 다큐멘터리 톤으로 미주알고주알…… 이런 나의 습성을 견디는 사람들만이 친구듀스 101에서 살아남았다. 친구들아 고마워.

그러나 이게 끝일까? 강연을 할 때는 제법 웃긴다고 하지 않았는가? 놀랍게도 나는 유튜브를 처음 시작할 때 웃기는 자막을 다는 낙으로 영상을 만들었다. 가끔은 글로 웃길 때도 있다(이 글이 재미있었는가는 불문에 부치자). 우리는 노잼 그래프를 다음과 같이 수정해볼 수 있다:

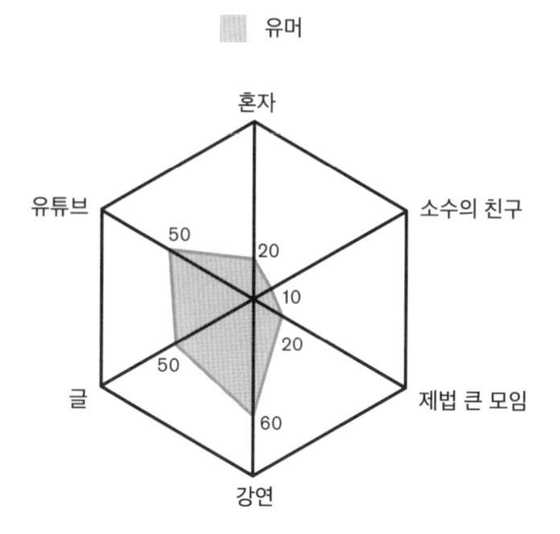

말하자면 삶의 어떤 부분에서 나는 약간의 유잼이 된다. 나머지 부분이 노잼이라도 그건 어쩔 수 없는 노릇이다. 나이 서른이 넘어서 갑자기 유잼 캠프 같은 곳에 들어가 유잼 훈련을 받을 수도 없고, 그저 남은 수십 년의 시간 동안 좀 더 능청스럽고 여유로운 사람이 되기를 노력하는 수밖에. 친구 사이에 내가 웃기진 못해도 많이 웃을 수는 있고 그걸 좋아해주는 친구들 사이에서 나는 조금 더 환한 웃음을 짓는 사람이 될 수 있을 것이다. 내가 환하게 웃으면 친구도 환하게 웃을 테지 별 수 있나.

{ }

P의 오해

오늘도 어디다가 대문짝만하게 써붙여 놓아야겠다고 생각한다. "저는 J가 아닙니다. 95%의 순도 높은 P입니다." 그놈의 MBTI(죄송하다. 학부를 심리학과를 나왔더니 더닝 크루거의 계곡에 갇혀 비과학적인 MBTI에 약간의 짜증을 내는 인간이 되어버렸다) 토크에서 제일 많이 받는 오해가 내가 P와 J의 척도 중 J에 해당할 것이라는 오해다. 그것은 아마도 책을 쓰면서 유튜브도 하고 라디오 DJ를 하면서 철학과 대학원을 다니는데 매체 기고와 강연을 하고 취미로 춤도 추고 건강 관리를 위해 운동도 하는 게 P에게 불가능하게 보이기 때문인가보다. 심지어 내가 쓴 책을 보고 내가 J일 것이라는 짐작을 한 사람도 봤는데, 책의 체계성과 구조를 갖추는 것을 작가의 책임으로 여기는 입장에서 그 문장을 읽는 순간 탄식을 금할 수 없었다. 플래카드 같은 걸 만들어서 어디다 붙여놔야겠다. "MBTI로 그 사람의 모든 것을 판단할 수는 없습니다!"

오늘도 어떻게 일을 했던가. 북토크 때문에 읽어야 하는 책을 읽다 말고 다음 달에 있을 강연 담당자에게 전할 말이 생각나 노트북을 열고 메일을 보냈다가 며칠 전 교수님께 받은 메일이 생각나 다음 학기를 위한 스터디 준비를 반쯤 하다 말고 다시 읽던 책으로 돌아와 읽다가 내 책의 집필 상황이 떠올라 쓰다 만 추가 원고를 좀 쓰다가 원고에 넣으려고 메모해두었던 짧은 글이 생각나서 핸드폰을 들었다가 오늘이 좋아하는 피아니스트의 공연 예매일이라는 걸 깨닫고 다시 노트북으로 예매 페이지를 열었다가 예매를 마치고 갑자기 운동이 하고 싶어져서 약간의 운동을 했다가 처음 시작했던 책을 다 읽고 스터디 준비를 마치는 그런 업무 방식. 중요한 것은 이 중 아무것도 계획하지는 않았지만 책을 다 읽었고 스터디 준비도 다 했으며 운동도 했고 원고도 곧 다 쓸 예정이라는 사실이다. 그리고 딱 이 부분만, 마지막 이 한 줄만이 알려진다.

MBTI 척도에서의 J와 P가 상당 부분 오해를 받고 있다는 점을 차치하고서라도, 그러니까 J는 계획형이고 P가 즉흥형이라는, 원래의 MBTI 척도•와는 조금 다른 의미로 받아들여지는 부분을 인정한다고 치더라도, 즉흥적이라는 말이 게으르거나 책임감이 없다는 말과 동의어는 아니다. MBTI는 책임감을 측정하는 척도가 아니며 게으름이나 성취도를 측정하는 척도도 아니다. 그저 (통용되는 의미에 따르면) 계획을 세우는 데에서 편안함을 느끼는 편에 가깝냐 그렇지 않느냐에 대한 답일 뿐이다. 나는 계획 세우는 걸 귀찮아하고 일을 종종 미루지만 일에 대한 책임감만큼은 누구에게도 뒤지지 않으며 마감을 기요틴처럼 여긴다. 여행 계획이라고는 '첫째 날: 동부 / 둘째 날: 서부 / 셋째 날: 남부' 정도밖에 없고 뜬금없이 하루 종일 위키백과를 읽는 데에 시간을 다 쓰는 사람이라고 해서 답이 없는 게으름뱅이는 아니라는 말이다.

계획 세우는 걸 귀찮아할 뿐이지 필요할 때는 약간의 계획을 세우기도 한다. 적어도 달력에는 각각의 일에 대한 마감일이 다 기록되어 있고, 그 일을 하기 위한 날짜도 정해두긴 했다(계속 바뀐다는 게 문제지만). 블록 쌓기를 하

• J는 판단Judging, P는 인식Perceiving이라는 지표로, 엄밀히 말하면 의사결정에 있어 판단을 선호하느냐 인식을 선호하느냐의 차이로 구분한다고 한다.

듯이 해야 할 일을 차곡차곡 기록해두고, 정말 피치 못할 정도의 스케줄이면 어쩔 수 없이 다 하지만 보통은 눈치를 좀 본다. 내일 일이랑 바꿀까? 모레 일이랑? 순서는 계속 바뀌는데 어쨌든 시간이 지나고 나면 다 되어 있다. 사실 몇 년 전까지는 고3 때의 감각을 살려 칼같이 그날 정해둔 일을 했는데 그러다가 번아웃이 몇 번 오고 나서는 적당히 바꾸는 건 스스로 봐주기로 했다(맨날 바뀐다는 게 문제지만).

말이 나와서 말인데 고3은 내가 유일하게 J로 살았던 시기였다. 과목별 1년 계획을 세우고, 그걸 쪼개서 분기별 계획, 그걸 쪼개서 월별 계획, 그걸 쪼개서 주별 계획을 세운 뒤에 매주 일요일 저녁마다 다시 그걸 쪼개서 일별 계획을 세웠다. 혹시나 계획을 못 지킬 때를 대비해 '못 한 거 하는 시간'까지 잡아뒀다. 그날의 투두리스트를 하나씩 지워가면서 공부를 했고 하루가 끝나면 오늘의 성취도와 공부 시간을 스스로 평가하는 시간을 가졌다. 감상: 다시는 이렇게 살지 않겠다. 수능 보고 나서 스터디 플래너랑 과목별 취약 영역 복습 계획 정리해둔 파일을 불태우고 싶었는데 1년 동안 애쓴 걸 존중해서 살려는 줬다. 그 뒤로는 단 한 번도 그렇게 산 적이 없지만, 글쎄, MBTI라는 게 환경에 따라 바뀐다는 걸 감안하면 취업을 해서 '회사에서만 J인 사람'으로 살았을지 모를 일이다.

일단 지금은 아니다, 확실히. 성향이라는 게 바뀐다고는 해도, 앞으로도 웬만하면 P의 삶을 살고 싶다. 여행 갈 때 서랍을 대충 손으로 휘저어서 잡히는 만큼 생리대를 들고 가는 사람•으로, 길 가다 눈에 보이는 식당에 들어가도 신나게 밥을 먹는 사람으로…… 몇 달 전에는 나를 포함해 P 인간 넷이서 여행을 다녀왔는데, 2박 3일 기간 중 계획이라고는 "둘째 날에 유니버설 스튜디오에 가자"뿐이었던 허술한 여행은 모두의 대만족으로 끝났다. 아무도 계획에 관심이 없고 그래서 뭘 해도 즐거운 여행. 기회비용도 생각하지 않고(안 찾아보니까) 더 좋았을 경험에 아쉬움도 두지 않는(모르니까) 여행. 정말 편안하고 행복한 여행이었고, 앞으로도 계속 이렇게 살고 싶다는 생각이 들었다.

물론 J와 떠나는 여행에도 나는 입 닥치고 행복하게 따라나설 준비가 되어 있다. 계획을 세워주신다굽쇼? 성은이 망극하옵니다. 졸졸 따라다니면서 준비된 여행을 한껏 즐기고 돌아와서는 J와 떠나는 여행이 얼마나 알찬지 침 튀

• 트위터에서 여행 준비를 할 때 생리대 개수를 계산해서 챙기느냐, 손에 잡히는 대로 챙기느냐를 놓고 각종 증언이 이어진 적이 있다.

기게 자랑할 준비도 되어 있다. 그러니까 서로의 MBTI를 알았다면 이제 그걸 가지고 서로를 이해할 차례가 된 것이다. 이해와 판단은 한 끗 차이. 판단보다는 이해의 도구로 MBTI가 쓰였으면 한다. 아니, 그러고 보니 판단형J은 이런 말조차 P스럽다고 판단하는 건 아니겠지?

{ }

옆집 개의 사정

"아우우우우우우우우우…… 아우우우우우워어어얼…… 우워어어어어얼…… 어얼…… 어우얼…… 아우우우우우우우……."

이 소리는 새벽 댓바람부터 벽 하나를 사이에 둔 옆집에서 들려오는 애처로운 소리입니다. 이게 무슨 소리야? 옆집에 개가 있다는 소식은 들어본 적이 없는데, 월요일 아침 난데없는 하울링이 귓등을 때렸다. 부스스 눈을 떠 시계를 확인해보니 아침 7시다. 아침 7시? 근래 기상 시간이 빨라지긴 했어도 7시는 능력 밖의 시간이다. 게다가 어제는 새벽 3시에 겨우 침대에 누웠는데. "우워어어어얼……." 이거 개 맞겠지? 집에서 이런 소리를 내는 건 아마도 개밖에 없겠지? "어우우우우우우워얼……." 그래, 얘야, 슬프지, 삶이란 게 원래 슬프다, 근데 나 잠 좀 자게 해주라……

30분이 지나도록 옆집 개는 하울링을 멈추지 않고, 여름날 아침 침대는 축축하고, 이불은 뜨끈해지고, 눈꺼풀은 천근만근이고, 개는 다시 울고, 나도 울다가, 결국 못 견디고 베개를 챙겨 거실로 나갔다. 맨 마룻바닥에 베개 하나만 턱 놓고 누우니 시원한 바닥에 몸이 식고 슬픈 개의 소리도 한결 작게 들려온다. 좋았어, 이대로 30분만 자자. 핸드폰으로 대충 알람을 맞춰두고 잠에 들었는데 두 다리로 선 슬픈 개가 울며 달려드는 꿈을 꿨다. 뭐가 그렇게 슬픈지 엎드린 내 등을 앞발로 흔들면서 깨우길래 아이고 얘야, 뭐가 문제니, 하고 부스스 깼는데 꼬리뼈와 등짝이 쪼개지는 줄 알았다. 딱딱한 마룻바닥에서 뒤척이며 자고 얻은 것은 개에 대한 원망과 구석구석 쑤시는 몸이었다.

그 친구가 정말 개라고 확신하게 된 건 그날 저녁 즈음 문밖으로 들린 "월!" 한 마디 덕이었다. 진짜 개가 있구나! 안녕, 개! 하지만 개를 키우는 중차대한 사건을 이렇게 아무런 예고도 없이 진행할까, 설마 내일도 이러진 않겠지, 했는데 다음 날 아침 7시 반에 또 깼다. 아우우우워어어. 어제와 마찬가지로 더위와 하울링에 몸부림치다가 베개를 가지고 거실로 나갔다. 금세 잠들었지만 역시 오늘도 근육통 당첨. 야 진짜 내가 아우우우어어어다. 내일부터는 그냥 나도 7시 반에 일어나버릴까, 내일도 이러면 이불을 갖고 거실로 나가야 하나, 그러면 시원한 마룻바닥에서 자는 의미가 없지 않나, 뭐 그런 생각을 하며 사흘째에 접어들었고 역시 같은 시간에 하울링이 들려왔다. 3일쯤 되니까 이제는 시끄러운 것보다도 개 얼굴을 한 번만 보고 싶었다. 나 개 진짜 좋아하는데. 얼굴 한 번만 보여주면 내가 참을 수 있는데. 잠을 못 자 고통스러운 와중에 누워서 개 얼굴을 상상했다. 작은 개일까? 큰 개? 어린 친구일까?

아침잠을 방해받은 고통이 저녁 즈음이면 사르르 녹아버리는 바람에 어제만 해도 굳이 이런 걸로 옆집에 뭐라고 할 필요가 있나 싶었는데, 다시 아침이 되자 짜증이 쏟아졌다. 7시 반에 일어난다더니 아주 형편없는 다짐이다. 하울링을 들으며 비척비척 거실로 나와 노트북을 열었다.

안녕하세요, 이웃 주민입니다.

혹시 예쁜 강아지를 새로 데려오셨는지요? 잠시 지내시는 것인지 아예 데려오신 것인지 몰라도, 약간의 부탁 말씀을 드려야 할 것 같습니다. 다름이 아니라 아침 7시 30분부터 약 한 시간가량 동안 들리는 하울링 소리 때문에 너무 고통스럽습니다. 하울링 소리가 안방에서도, 화장실에서도, 심지어 거실에서도 들립니다. 알람을 들어야 해서 귀마개를 쓸 수도 없습니다. 사실 강아지를 좋아해서 강아지 얼굴을 상상하면서(?) 참아보려고 했는데 정확히 그 친구가 온 날부터 잠을 충분히 못 잔 탓에 혓바늘이 나서 없어지질 않고 있습니다ㅠㅠ 방법을 찾아봐주시면 정말 좋겠습니다. 평온한 아침을 지킬 수 있도록 간곡히 부탁드립니다.

감사합니다.
이웃 주민 드림

이라고 써서 인쇄를 했다. 개 사진 한 번만 보여주면 안 되냐고 썼다가 그건 좀 창피해서 지웠다. 이것만 붙이기는 좀 그러니까 개 간식이랑 사람 간식을 밑에다 같이 붙일 생각이었다. 두 분이 드시고 잘 좀 합의해보세요. 사람 간식은 집에 몇 개 있으니까, 오전 일을 마치고 나서 편의점에 가서 개를 위한 간식만 사 오기로 했다.

대충 옷을 둘러 입고 슬리퍼를 신고 나섰다. 집 앞이니까 빨리 갔다 오지 뭐. 근데 막상 밖을 나갔더니 편의점에서 대충 사다 주기가 싫은 거다. 아니 그래도 개인데 좀 좋은 걸 사다줘야 하지 않을까? 편의점에 있는 거 대충 사줬다가 성분이 별로면 어떡해? 답을 내리기도 전에 발이 마트 쪽으로 향했다. 얘가 왜 이래? 얼떨결에 나는 엄청나게 큰 쇼핑몰을 향해 걷기 시작했다. 그래, 거긴 좀 좋은 간식이 있겠지.

마트에 도착해 반려동물 용품이 있는 곳을 향했다. 거의 도착해서 문을 들어가려고 할 때, 문득 그런 생각이 들었다. 여기 바로 옆에 문방구가 있으니까 그냥 거기서 귀마개를 사면 되지 않을까? 굳이 개를 조용히 시켜야 하나? 어차피 주인이 출근하고 우는 거면 주인도 어떻게 할 도리가 없을 테고, 개를 강제로 조용히 시키고 싶지도 않고, 그냥 내가 아침에 깨서 귀마개를 끼우고 도로 자면 될 일이지 않나? 잠에 들 때는 귀마개를 못 끼우는 스타일이라고 해도 아침에 잠깐 끼우는 거야 할 수 있지 않나?

그렇게 나는 귀마개 한 쌍을 손에 들고 집에 돌아왔다.

그래…… 내일도 또 짖으렴. 괜찮아. 얼마든지 짖으렴. 개는 다음 날 아침에 또 울기 시작했고, 나는 부스스 눈을 떠 머리맡의 책상에 놓아둔 귀마개를 잽싸게 꼈다. 그래, 이거면 됐다. 다시 까무룩 잠에 들면서 저 슬픈 개가 내일은, 다음 주는, 다음 달에는 부디 울지 않고 행복하기를 기도했다. 그럼 너도 나도 조금 더 행복할 수 있지 않겠니.

{ }

우리의 시절

나는 '다데기'라는 말을 신애에게 처음 배웠다. 엄밀히 말하면 배운 건 아니고, 중학생 때 신애에게서 그 말을 처음으로 들었다. 신애와 만나면 으레 냉면을 먹으러 가곤 했는데, 냉면집에 가면 신애는 항상 "다데기도 좀 주세요"라고, 그 약간의 부산 사투리가 섞인 말투로 말하곤 했다. 투명한 물냉면에 약간의 다데기를 넣고 저으면 이내 냉면은 감칠맛이 도는 붉은빛 육수를 뽐냈다.

'다데기'라는 말 말고도 신애에게 배운 것은 무수히 많다. 신애가 다니던 고등학교 앞 오다리집의 떡볶이 맛. 스티커 사진 예쁘게 꾸미는 법. 집을 구할 때 유의해야 할 점. 닭햄 만드는 방법. 비나그레띠 만드는 방법. 진술서 쓰는 법. 괜찮은 수준의 연어집. 냉이나물 무치는 법. 도움을 청하는 법. 부산의 맛있는 완당집.

그 무엇보다도 신애에게 가장 크게 배운 게 있다면 그것은 삶을 대하는 태도다. 내 앞에 정면으로 닥쳐오는 고난에 맞서기. 여러 선택지 중에서 빠르게 몇 개를 추려내기. 언제든 용기를 가지고 무언가를 해내기. "진짜 싫은데 일단 해봐야지 뭐 어떡할 거야." 정도로 요약할 수 있는 태도는 거의 모두 신애에게서 배웠다. 유난히 이상한 해프닝도 사고도 많았던 신애는 그런 이상한 경험들을 뚜벅뚜벅 겪었다. 때로는 욕을 내뱉고 때로는 엉엉 울었지만 그 누구보다도 멋지게 헤쳐 나왔다. 신애는 그런 일을 돌이켜 이야기할 때면 호탕하게 웃었다.

그런 경험들이 마냥 유쾌하지만은 않았고, 신애의 마음에 여러 흔적을 남겼다는 것을 안다. 온 마음과 몸으로 삶을 통과해왔으니 당연한 일이다. 하지만 그렇기에 동시에 그 삶은 가장 살아 있는 이의 삶이 된다. 그러한 삶은 늘 나에게 감탄과 경외의 대상이다. 신애가 도라에몽 가방 같은 거대한 가방을 지고 여기저기 돌아다니며 하루에도 몇 개씩 잡힌 일들을 소화하는 동안, 나는 방에 혼자 웅크리고 앉아 하루에도 몇 개씩 일을 소화하곤 하는 것이다.

신애는 그렇게 오랜 시간 나에게 스며들듯 영향을 줬다. 우리는 자석의 같은 극처럼 서로에 대한 거리를 자연스럽게 잡아두고 늘 주위를 빙빙 돌았다. 코엑스 푸드코트에서 냉면을 먹는 신애를 구경했던 기억이 난다. 고등학생 때일 거다. 신애는 속이 더부룩하니 냉면이나 한 그릇 먹자고 했다. 나는 배가 고프지 않아 가만히 앉아 있기로 했다. 푸드코트답게 뚝뚝 끊어지는 얇은 면을 휘휘 저어 조금씩 먹고, 냉면 국물을 후루룩 마시던 모습이 생각난다. 그리고 작년, 북촌손만두에 나란히 앉아 피냉면을 먹던 때도 기억이 난다. 우리는 나란히 앉아서 붉은 피냉면과 떡갈비를 먹었다. 고기를 별로 좋아하지 않는 신애는 나에게 떡갈비를 양보했다. 시간은 흐르고, 우리는 비슷한 일들을 하며 나이를 먹어간다.

우리가 친구가 된 지 거의 20년이 됐다. 이제 우리는 서로를 몰랐던 시간보다 친구로 지낸 시간이 긴 사이가 됐다. 매월 매해 상황이 변하고 감정이 변하니 우리는 여전히 서로를 다 알지 못한다. 우리는 여전히 전화로 하소연을 하고 자랑을 하고 새 소식을 전한다. 하지만 나는 신애가 냉면을 먹을 때 다데기를 청한다는 것을 안다. 떡볶이를 먹을 때 오뎅을 먹지 않는다는 것을 안다. 당근을 싫어하고 연어를 좋아한다는 것도 안다. 얼마 전에 데려간 식당의 리조또를 너무나 감명 깊게 먹었다는 것도, 뿌듯하게 안다.

나는 내가 신애에 대해 알고 있는 것들이 얼마나 소중한지 안다. 그것은 결코 지울 수 없는 내 삶의 기록이기도 하다. 우리가 변화해가는 모습 역시 그렇게 남을 것이다. 이제 우리는 어떻게 고기를 줄이고 일회용품을 줄일지 이야기한다. 어떻게 하면 성차별을 극복할 수 있을지 이야기한다. 각자의 일을 응원하고, 나이 마흔의 삶을 그려본다. 그 즈음에는 꼭 근처에 살자고 말한다. 이렇게 곁에서 서로를 응원하고 서로를 자랑스러워하며 우리의 삶은 계속될 것이다. 그저 이렇게 죽 사는 것이 삶이겠구나, 하는 생각도 든다. 이런 든든한 친구와 10년 뒤, 또 10년 뒤를 그리며 바지런히 살다보면 자연스럽게 삶은 아름답게 마감되겠구나, 하는 그런 예감이다.

{ }

작가의 이중생활

고백할 게 있다. 나는 이중생활을 하고 있다.

무슨 소리냐면, 진짜 무슨 스파이로 이중생활을 하고 있다거나 그런 건 아니고, 사람들이 잘 상상하지 못하는 취미를 갖고 있다는 뜻이다. 주야장천 앉아서 책만 읽고 글만 쓸 것이라는 사람들의 짐작과는 달리 나는 스포츠를 매우 좋아하고, 꽤 오랫동안 춤을 춰왔다. 춤의 종류가 바뀌기도 했고 바빠서 놓았던 적도 있지만 춤을 좋아하지 않았던 적은 없다. 일곱 살 때 유치원에서 처음 발레를 배우고, 열세 살 때 힙합 댄스를 처음 배운 이후로 한 번도.

운영하는 유튜브 채널에 춤추는 영상을 올려 사람들에게 충격을 주는 일을 무슨 연례 행사처럼 하고 있다. 책으로 가득한 배경 앞에서 조곤조곤 말하는 것만 봐왔던 신규 구독자들은 어김없이 놀란다. 몇 달 전에 올렸던 스트리트 댄스 영상에는 "당신 누구야…… 김겨울 어디 갔어……"라는 댓글이 달려 한참 웃었다. 보통은 서브 채널에만 춤 영상을 올리지만 이번엔 본 채널에도 아주 짧게 몇 초의 영상을 올렸고, 댓글창에는 겨울서점 역사상 가장 많은 물음표가 찍혔다.

그런 반응을 볼 때마다 재미있기도 하지만 한편으로는 책과 춤이 그렇게까지 먼 것일까, 싶어지기도 한다. 『책의 말들』을 읽은 독자 중에는 내 인스타그램에서 춤을 추는 영상을 발견하고는 "약간 깼다"는 반응을 보인 독자도 있었는데, 그 대목에서는 내 머릿속에 거대한 물음표가 찍혔다. 진중한 글을 쓰는 작가는 춤을 추면 '깨는' 건가? 유튜브에서 내 춤 영상을 보고 구독을 취소하는 사람들도 있을까? 이미지를 유지하기 위해 춤추는 영상을 그만 올려야 하나?

내가 쓰는 글은 나의 신체 감각에 상당 부분 기초하고 있다. 특히 문학적 감수성이 관여되는 글을 쓸 때는 추상적인 감정을 다루기 위해 구체적인 신체 감각을 총동원하며, 시를 쓸 때 이 감각은 극대화된다. 나는 추상을 만지고 맛보고 잡아 늘려보고 삼켜본다. 내 글은 내 몸의 결과물이기 때문에 나는 몸의 감각을 예민하게 유지하는 일을 소중하게 생각한다. 몸의 근육을 하나하나 찾아내는 것, 찾아내서 원하는 방향과 속도와 강도로 움직이는 것, 늘리고 줄이고 던지고 잡는 것. 현대무용 안무를 추고 있을 때 느껴지는 신체의 무한한 쓰임과 스트리트 댄스 안무를 출 때 느껴지는 정확한 제어 감각은 나도 모르는 사이에 글에 스며든다.

하지만 뭐, 그렇지 않다고 해도 상관없다. 설령 업로드를 멈춰도 나는 계속 춤을 추고 있을 것이다. 음악에 맞춰 몸을 움직이는 건 제법 행복한 일이니까. 화면에 맞춰 춤을 추는 게임인 〈저스트댄스〉를 플레이하는 사람 중에 얼굴을 찌푸리는 사람을 본 적이 없다. 웃겨서 웃든, 쑥스러워서 웃든, 재미있어서 웃든, 춤을 추는 사람은 언제든 어떻게든 웃고야 마는 것이다.

{ }

예고된 이별

오디오 컴포넌트가 고장 났다.

사실 그건 이미 몇 달 전부터 예고된 일이었다. 언젠가부터 CD를 넣고 닫기 버튼을 누르면 오디오 컴포넌트는 아주 힘겹게 CD를 꿀꺽 삼키고는 한참을 소화시키겠다는 듯 버티다 마침내 음악을 뱉어냈다. 그렇게 삼킨 CD를 끝끝내 돌려주지 않겠다고 결정한 것이 올해 초. 나는 당황해서 이런저런 버튼을 누르며 말을 걸어보았다. 왜 그러니? 나한테 서운한 게 있니? 오디오 컴포넌트는 그저 조용히 LED 화면에 CD CHANGE……를 띄웠다. 실제로는 아무것도 바꾸지 않으면서. 눈앞에서 CD를 도둑맞은 나는 황망해서 눈만 껌벅였다.

이 오디오 컴포넌트가 내 방에 한자리를 차지하게 된 건 중학생 때다. 2년마다 이사를 다니던 시절, 어느 이삿날 아버지가 사무실에서 들고 왔다며 이 둔중한 컴포넌트를 데려왔다. 처음 만났을 때 스피커를 연결하다 당황하던 기억이 아직도 난다. 양쪽 스피커와 연결하는 선의 끝이 드러나 있어서 그걸 손가락으로 잘 말아서 본체에 있는 집게에 고정시키는 방식이었다. 아직도 그런 방식을 쓰는 오디오가 있나? 아무튼 아빠는 이걸 쓸 사람이 있냐고 물었고 내가 냉큼 쓰겠다고 답했다. FM 라디오도 듣고 카세트테이프도 듣고 CD도 들을 수 있는데 심지어 스피커 성능까지 좋았으니까. 나는 이 파나소닉 오디오 컴포넌트와 언니가 물려준 소니 CD플레이어, 엄마가 사준 중소기업의 MP3플레이어로 학창 시절을 났다.

정교하고 오래간다던 옛날 일제 전자기기도 세월을 이길 수는 없었나 보다. 소니 CD플레이어는 당연히 고장 난 지 오래고, 이제는 파나소닉 오디오 컴포넌트도 수명을 다했으니 새로운 친구를 찾을 때가 되었다. 글을 쓰고 있자니 '오디오 컴포넌트'라는 말 정말 구식이네. 쿠

팡에 'CD 오디오'라고 쳤더니 이제는 CD와 FM 라디오에 더해 블루투스 기능이 되는 LP플레이어까지 나와 있다. 사람들 정말 대단하네. 그걸 누가 사냐면, 아마 나 같은 사람이 살 거다. LP까지 듣진 않겠지만 아직 CD를 포기할 순 없다. 책도 그렇고 CD도 그렇고, 하여간 일관성 있게 물성에 집착하는 인간이라는 점이 내가 나를 좋아하는 지점이다(나도 안다. 조금 징그럽다). 무형의 예술이 유형의 형질을 얻을 때 그 물건을 구성하고 직조해내는 사람의 마음이라는 것은 결코 애플뮤직이라든가 화면 스크롤의 모습으로는 전달될 수가 없으니까. 나는 직접 CD를 내보았고 책을 써보았기 때문에 그 마음을 잘 안다. 그리고 도저히 버릴 수 없는 CD와 책을 너무나 많이 가지고 있고 앞으로도 가질 것이다.

오디오 컴포넌트를 잔인하게 분해해보니 수많은 부품들이 제자리를 지키고 있었다. 문제는 CD를 바꿔주는 부분에 끈적한 무언가가 붙어 있던 것인데, 어차피 버릴 생각으로 분해했기 때문에 그걸 닦는다고 나아질 상황은 아니었다. 힘을 들여 아예 내부를 훤히 드러냈다. 여러 개의 회로판과 거기 박힌 무수한 저항과 전원들이 지금껏 그 자리에서 나의 황홀한 순간들을 책임져주고 있었다. 나의 캐롤, 나의 첼로, 나의 기타, 나의 피아노, 나의 독서, 나의 라디오. 억지로 CD 칸을 열어서 갇힌 CD들을 구출해냈다. 이걸 삼킨 채로 대체 뭘 하고 있었니?

나는 너무 오래 만나서 별말 없이 헤어지는 연인처럼 너덜너덜해진 오디오 컴포넌트와 스피커 세트를 현관에 내놓았다. 말하지 않아도 알아서 알아들으리라 믿지만, 이 믿음이 틀렸다는 걸 잘 알아서, 구질구질하게 이런 글을 남긴다. 이 오디오 컴포넌트가 나에게 아무것도 서운해하지 않았다는 걸 안다. 그래도 왠지 서운해서, 얘가 나에게 아무 언질도 없이 그렇게 자신의 전원을 내려버렸다는 게 서운해서, 이런 이별 타령 같은 것을 하고 마는 것이다.

{ }

클래식이라는 오래된 희망

예전 같았으면 테이프가 늘어졌을 것이다. 듣고 듣고 또 들어서, 더 이상 테이프가 음악을 재생해낼 수 없을 때까지 테이프를 잡아 늘리고 말았을 것이다. 요즘 이렇게 열렬히 사랑에 빠져 있는 음악은 감미로운 목소리의 발라드도 몸을 들썩이게 하는 댄스곡도 힙한 감성의 인디 음악도 아닌, 몇백 년 묵은 클래식이다. 하도 오랫동안 한 방을 차지하고 있는 바람에 거기 있는 줄을 모두가 잊어버렸던 『백년의 고독』 속 멜키아데스 같은 음악. 하지만 멜키아데스는 분명히 거기에 있고, 그는 처음부터 끝까지 부엔디아 가문의 전 생애를 예언하고 있다. 클래식 역시 분명히 거기에 있고, 인간의 감정은 처음부터 끝까지 그곳에 기록되어 있다.

대개 '클래식' 하면 떠오르는 이미지들은 애호가들을 제외하고는 비슷비슷하다. 지루하다. 가사가 없다. 현악기와 관악기, 피아노 등의 악기가 쓰인다. 길다. 졸리다. 여기에 학창 시절 치르곤 하는 음악 과목의 듣기 평가 — 주로 비발디의 〈사계〉가 출제되는 — 와 CF에 자주 등장하는 유명한 곡 — 〈캐논 변주곡〉을 연주하는 첼리스트에게 애도를(첼리스트는 처음부터 끝까지 네 개의 음만 연주한다) — 들과, 이미 전체 맥락은 소거되고 밈처럼 쓰이는 곡들이 첨가되면 길고 지루하면서 3초 이상 집중하기 어려운 뭔가의 집합이 완성된다. 그렇게 클래식 애호가들은 가슴을 부여잡으면서 잠시만 내 말 좀 들어보라고 하는 것이다.

지금이야 가요를 언제 들었는지 기억도 나지 않을 정도로 클래식 음악에만 빠져 있지만 당연히 어릴 때부터 그랬던 건 아니다. 루시드 폴의 가사를 듣고 또 듣던 때가 있었고 이소라의 가사를 몇 번이고 받아쓰던 때가 있었다. 심지어 나는 디지털 싱글과 미니 앨범을 낸 이력이 있고, 그 곡들의 가사는 거의 다 내가 직접 썼다. 하지만 클래식 음악은 그 모든 소란 속에서도 꿋꿋이 마음 한 켠을 차지

하고 있었다. 누구의 말도 듣고 싶지 않을 때. 한 줄 가사 마저도 부담스럽게 느껴질 때. 말로 표현할 수 없는 고통과 표현하고 싶지 않은 슬픔에 압도될 때 기대앉을 수 있는 거대한 벽이 거기 있었다. 그 벽이 아니고서는 언어로부터 해방될 수 없었고 감정에 침잠할 수 없었다. 그것이 잊을 만하면 돌아가게 만드는 클래식의 힘이었다. 나는 에밀 길렐스와 베토벤과 하이페츠와 사라 장에게 학창 시절의 일부를 빚지고 있다.

피아노를 다시 배우면서 그땐 들여다보지 못했던 그 벽의 작은 무늬들을 살펴보게 됐다. 수백 년간 소리의 세공사들이 빚어낸 형태가 조각보처럼 모여 있다. 인간이 만들어낸 모든 소리의 형태가 세심하게 조각되어 있어서, 언뜻 보면 파도처럼 출렁이는 것처럼도 보인다. 그 벽을 더듬다 보면 왠지 언어도 시간도 세월도 아주 오랫동안 초월할 수 있을 것만 같다. 그렇게 멜키아데스처럼 조용히, 잊힐 수 있을 것만 같다. 아무리 짜고 기워도 더 이상 촘촘해지지 않는 언어의 체를 내려놓은 채.

Passe, il faut que tu suives
Cette belle ombre que tu veux
네가 원하는 아름다운 그림자를 따라가야 하므로
SONY

{ }

안의 소리

밤이 되면 소리는 찾아온다. 소리는 은밀하게 도사리고 있다가 침대맡에 슬쩍 다가온다. 나는 안도하며 불쾌해한다. 소리가 올 줄을 알면서도 기다리고, 온 줄을 알면서도 실망하는 것이다. 그것은 오늘이 끝나는 소리이며, 하루만큼의 가능성이 종료되는 소리이고, 잠으로 진입하는 소리다. 나는 그 둔탁한 소리를 밟고 잠의 세계로 건너간다. 징검다리의 불규칙한 돌들을 두드리는 소리가 난다.

소리를 곧잘 듣는다. 작은 소리를 잘 듣고, 소리의 질감과 성질을 잘 파악한다. 시끌벅적한 사이 작게 켜져 있는 핸드폰의 음악 소리를 지적한다. 평소와 다른 음으로 들리는 소리에서 이상을 감지한다. 고요히 글을 쓰는 지금 이 순간에도 밖의 자동차 소리, 이따금씩 들리는 사이렌 소리, 냉장고가 돌아가는 소리, 키보드를 두드리는 소리, 의자에 옷이 쓸리는 소리, 작은 난로가 내는 소리를 듣는다. 소리가 조금만 선명해도 으레 계이름이 붙는다.

밖의 소리를 잘 모아서 잘 듣는다는 역할을 충실히 수행하는 나의 귀는 희한하게도 가끔 몸 안의 소리를 들려준다. 나의 왼쪽 귀가 그렇다. 아주 특정한 상황에서 왼쪽 귀는 밖이 아닌 안의 소리를 증폭한다. 그 특정한 상황이란 '하루를 마무리하고 침대에 누웠을 때'다. 하늘을 보고 눕거나, 오른쪽으로 돌아누워 있을 때 어김없이 그 소리는 찾아온다. 삐걱삐걱 대는 소리. 아무리 감각을 총동원해봐도 왼쪽 귀에서부터 뒤쪽 머리뼈를 포함하는 부분이 움직이는 소리라고밖에는 할 수 없는 소리. 그득그득, 삐그덕, 득, 득, 삐걱, 삐거거거걱, 그그득그그득. 그것은 하루만큼의 가능성을 소진하는 소리이고, 하루만큼의 뼈를 맞추는 소리, 지겨운 수직 상태에서 비로소 수평 상태가 된 머리뼈들이 쉴 준비를 하는 소리다.

왼쪽만 들리는 이유는 아마 치아의 부정교합 때문일 것

이다. 주걱턱이 되려는 걸 자라면서 교정을 했지만 왼쪽 턱뼈가 오른쪽보다 더 길어지는 걸 막을 수는 없었다. 얼굴 역시 거기에 맞춰 전혀 다른 인상으로 성장했다. 조금 더 자리가 주어져서일까, 아니면 균형이 깨져서일까, 매일 그렇게 왼쪽 뼈들의 리셋을 듣는다. 아침에 깼을 때 똑같이 누워 있어도 그 소리가 들리지 않으니, 리셋이라고 해도 될 것이다.

소리는 꽤 크고 시끄러워 하늘을 보고 바로 누우면 잠들기 어렵다. 아무리 머리와 목에 힘을 빼도 소리는 멈추지 않는다. 나의 의지와 상관없이 다들 중력에 걸맞은 제자리를 찾아가는 중이다. 왼쪽 귀를 베개에 베고 누워야만 그 소리는 멈춘다. 바로 누웠을 때 왼쪽 귀를 막아도 그 소리는 멈춘다. 하지만 그렇게 잘 수는 없으니까, 조금 노력해보다가 결국은 왼쪽으로 돌아눕는다. 고요. 그러다 뒤척이며 오른쪽으로 돌아눕는다. 소리를 잊을 만한 이런저런 생각을 해본다. 다시 삐걱대며 왼쪽으로. 다시 정자세로. 몇 번이고 뒤척이면 징검다리 두드리는 소리가 희미해지며 잠은 찾아온다.

너무 그 소리에 익숙해져서 가만히 앉아 있을 때조차 그 감각이 느껴진다. 앉아 있을 땐 소리가 들리진 않지만 어떤 소리가 들릴지는 알 수 있다. 이건 오른쪽 귀에서는 전혀 느껴지지 않는 감각이다. 머리통의 4분의 1 — 머리를 가로세로로 네 등분했을 때 왼쪽 뒤에 해당하는 그 부분 — 이 자기들끼리 속삭이는 소리.

나의 몸은 부지런히 자기들끼리 속삭인다. 몸 안의 속삭임은 원래 그 몸의 정신에게는 비밀이지만, 나는 의지와 상관없이 엿듣는다(엿들을 생각은 전혀 없었다. 나는 조용히 잠들고 싶다). 그러면 왠지 내 몸이 나와는 전혀 상관없는 무언가인 것만 같다. 자기들끼리 하루를 마무리하고 있다고. 자, 퇴근입니다, 맥주 한잔 하러 갈까요. 삐그덕삐그덕. 오늘도 수고하셨습니다. 삐걱. 내가 잠의 세계로 진입하면 몸은 퇴근 후의 삶을 살고 있을까. 나는 왠지 미안해진다. 악독한 사장이 된 것 같다. 이렇게 무수한 세포와 장기와 뼈와 근육과 신경과 호흡기와 혈관을 거느리고는, 강요하고 어르고 달래가면서 일하는. 누군가는 이 글에서 척추의 뒤틀림이나 병리적 징후를 읽어내려 노력할지도 모르겠지만, 그런 즉물적인 진단으로 넘어가기 전에 조금 더 귀를 기울이고 싶다.

하루를 마무리한다. 소리는 이제 뼈들의 하이파이브처럼 들리기도 한다. 지극히 거슬려 잠드는 걸 방해하지만,

퇴근을 축하하는 소리라면 조금 관대해져도 되겠다고 생각한다. 언제나처럼 조심히 징검다리를 두드리며 잠의 세계로 건너가야겠다고도 생각한다. 오늘만큼의 가능성은 충분히 소진되었다. 이제 쉬어도 좋다.

{ }

시간을 정지시키는 주문

가끔 그런 생각을 한다.

우리가 대체 뭘 하고 있는 거지?

물론 우리는 열심히 살고 있다. 우리는 매일 뭔가를 하고 있다. 아침에 일어나 세수를 하고, 일을 하러 가고, 피곤해하고, 커피를 들이부으며 일을 하고, 소셜미디어를 구경하고, 누군가를 부러워하고, 지친 몸을 이끌고 집에 돌아오고 샤워를 한다. 구체적인 내용은 조금씩 다르겠지만 각자 주어진 삶 속에서 자신이 생각하는 미래를 향해 조금씩 나아간다. 하지만 내가 문득 묻고 싶은 것은 이것이다.

우리가 대체 뭘 하고 있는 거지?

우리는 우리를 위해 지어진 도시에서 우리를 위해 만들어진 문명을 누리며 살아간다. 수도꼭지를 열면 나오는 물과 손에 쥐어진 스마트폰은 우리의 영광이다. 배설물을 눈앞에서 치울 방법이 있고 지구 반대편까지 빛의 속도로 소식을 전할 수 있는 것 역시 우리의 영광이다. 아침에 눈을 떠서 잠드는 순간까지, 우리가 인지하고 사용하는 거의 모든 것이 우리의 영광이다. 말하자면 우리는 영광 더미 위에 살고 있다. 그러나 이 반짝이는 영광 더미는 얼마나 불안정한가? 매일의 영광스러운 일상은 툭 건드리면 산산조각 날 빈약하기 그지없는 것이다. 태풍과 홍수와 가뭄 앞에서 인간은 아직도 무력하다. 자연은 우리가 이길 수 없는 힘을 가지고 있는 동시에, 인간을 보호하는 데에는 관심이 없다.

영광 더미는 한순간에 무너지지 않을 것이다. 우리는 아마 오래도록 버티고 싸우고자 할 것이다. 매일의 커피 한 잔을 지키기 위해. 매 끼니 먹을 고기를 위해. 시원한 제철

과일을 위해. 마음 놓고 쓸 충전기와 물을 위해. 일상이 위협받기 시작하면 그제야 우리는 버티기 위한 싸움을 시작할 것이다. 그러나 얼마나 열심히? 어떻게? 우리는 모두 불편함을 감수할 준비가 되어 있을까? 따뜻한 물을 포기하거나 고기를 포기할 준비가 되어 있을까? 이 지경이 되기 전에 기술 개발을 안 하고 뭐했냐고 누군가를 탓하지 않을 준비가 되어 있을까? 그런 준비는 언제쯤 될까? 적어도 커피값이 겨우 100원 올라간 지금은 아닌 것 같다. 커피값이 네 배 정도로 뛰면 될까? 그러면 모두 값싼 대체제를 찾고는 만족해버릴까? 또다시 생태계를 파괴하면서?

우리는 이미 최종 경고를 받았다. 육지의 많은 부분이 조만간 물에 잠긴다는 소식도, 사막화와 지하수 고갈 소식도, 더 큰 규모의 재난이 코앞에 왔다는 소식도 우리는 알고 있다. 지형 변화와 수자원 문제는 전쟁과 난민 문제로 연결될지도 모른다는 우려도 우리는 알고 있다. 하지만 모른다고 말하는 게 맞는지도 모른다. 말한다고 모두가 들은 것은 아닐 테니까. 어떤 사람들이 기후 위기 때문에 아이를 낳기 주저하는 동안, 어떤 사람들은 무슨 그런 극단적인 생각을 하냐고 웃고 있다. 그렇게 웃는 사람들이 만약 자녀를 낳게 된다면 그 자녀들은 정작 자신의 부모를 원망하게 될지도 모르는데(심지어 이미 그렇게 생각하는 청소년들이 있는데).

> 아이슬란드 대학교에서 기후 문제를 논하는 회의에 참석했는데, 전문가들이 차례로 단상에 올랐다. (……) 하지만 어떤 자극도, 흥분도 없었다. 주위를 둘러보았더니 청중은 거의 반응을 보이지 않았다. 농업 관세가 옥수수 생산에 미치는 영향을 논하는 자리라고 해도 이상하지 않을 것 같았다. 이쯤 되면 눈에 눈물이 맺혔어야 하지 않나? (……) 발표가 끝나자 사람들은 삼삼오오 모여 이런저런 담소를 나누다가 아무 일도 없었다는 듯 집으로 돌아갔다. 어쩌면 우리는 개인 자격으로는 세상을 이해하지 않는지도 모르겠다.•

만약 저 멀리서 거대한 소행성이 달려오고 있고, 그 소행성이 지구에 충돌할 것이며, 우리의 힘으로는 절대 그 소행성을 막을 수 없는 상황이고, 우리의 상당수가 죽을 텐데, 그 소행성이 어떤 지역의 어떤 인간을 죽일지 알 수 없다면 지금과는 다른 모습이 되어 있을까. '충돌 이후'의 세계에 대해 진지하게 논의하고 있을까.

• 안드리 스나이르 마그나손, 노승영 옮김, 『시간과 물에 대하여』, 북하우스, 2020.

끔찍하게 느껴지는 것은 소행성 충돌처럼 모든 게 깔끔하게 끝나지 않으리라는 사실이다. 기후 위기는 소행성 충돌이나 핵폭발과는 다르다. 우리는 기후 위기로 한순간에 멸종하지 않는다. 어떻게든 먹고살며 끈질기게 삶을 이어나갈 것이다. 하루가 다르게 변하는 세계에 불안해하면서도 하루가 다르게 적응할 것이다. 만약 어디선가 난민이 발생하면 그것으로 논쟁을 벌이고, 서로 다른 문화권의 사람들이 같이 사느라 충돌을 겪고, 식자재값이 치솟으면 종류를 바꾸고 난방을 할 수 없다면 옷을 껴입으면서라도 어떻게든 살아갈 것이다. 편리를 하나둘씩 포기하면서, 과거를 그리워하면서 계속 살아갈 것이다. 인간은 그렇게 쉽게 죽지 않는다. 인간은 늘 되뇐다. "우리는 답을 찾을 것이다. 늘 그랬듯이." 그러나 이 말은 우리를 마비시킨다. 우리가 문명을 이룩하기 위해 찾았던 해답들이 정말 해답이었나? 만약 해답이었다면, 이번에도 정말 답을 찾을 수 있을까?

우리는 너무나 구석까지 정비된 세계에 사느라 이 모든 것을 질문할 여유를 잃어버렸다. 문득 자기 자신에게 물어볼 시간 말이다. "우리가 대체 뭘 하고 있는 거지?"

알고 있다. 누군가는 이 글을 읽으면서, 그래서 어쩌란 말이냐고 물을 수도 있다. 나는 누구의 일상도 비난할 수 없다. 내가 오늘 먹은 즉석밥과 곁에 틀어둔 난방 기구를 어쩔 텐가? 오늘 시청한 TV 프로그램을 만드는 데에 얼마나 많은 자원이 들어갔을 텐가? 이것을 포기할 수 있을까? 물론 가끔은 살아 있다는 사실 자체에 절망감을 느끼기도 하지만, 그런 우울한 상태로 매일의 삶을 살아나갈 수는 없다. 우리가 지금 당장 자리에서 떨치고 일어나 혁명을 할 수는 없다. 우리는 기후 위기를 이유로 반차를 낼 수도 없고, 기후 위기를 이유로 병가를 낼 수도 없으며, 기후 위기를 이유로 죽을 때까지 단식을 할 수도 없다. 어쨌든 우리는 살아나가야 한다. 다른 어디도 아닌 이 세계에서.

그러므로 내가 들춰내고 싶은 것은 우리의 일상을 이루는 사회 그 자체다. 우리를 무감각하게 만드는 질문들이다. 자연은 언제부터 인간의 것이 되었나요? 육지에 사는 포유류의 90% 이상이 인간과 가축이 된 이유는 무엇인가요? 지구에 사는 조류의 70%가 가축이 된 이유는요? 우리는 어쩌다 그렇게 많은 소비를 하게 되었나요? 무엇이 우리를 움직이고 있나요? 이런 질문은 각각 꼬리에 꼬리를 물고 이어져 결국 우리의 삶 전반을 돌아보게 만든다. 당연한 듯 사용하고 있는 통장 안의 숫자부터 집에서 보이는 먼 산의 작은 씨앗까지 의문의 대상이 된다. 질문을 멈추지 말아야 한다. 과거는 바꿀 수 없지만 미래는 선택할 수 있다. 질문은 시간을 정지시키는 주문이다.

당연한 것을 당연하지 않게 여길 때 질문이 자라난다. 다음과 같은 명제를 보자: 땅은 사고팔 수 없다. 인간은 일하지 않아도 살 수 있다. 자연은 변형할 수 없다. 동물은 소비의 대상이 될 수 없다. 네 가지 명제 모두 하나같이 불온한 명제들이다. 아니 어떻게 감히 이런 생각을? 고개를 살짝 끄덕인 사람도, 화들짝 놀란 사람도 있을 것이다. 돌이켜보면 우리 삶의 어느 부분도 당연하지 않다. 저 각각의 명제를 긍정하거나 부정하기 위해서는 치열하고도 끈질긴 고민이 필요하다. 하지만 우리는 너무 바쁘게 사느라 저 명제들에 질문할 기회를 놓치며 살아간다.

정말로 나도, 기적처럼 이 모든 것을 바꿔줄 기술이 마법처럼 나타났으면 좋겠다. 나도 스마트폰을, 커피를, 딸기를, 사람들과 함께하는 낭만적인 저녁 식사를, 국가 간의 안전을 포기하고 싶지 않다. 마음껏 비행기를 타고 여행을 다니고 싶고(밝히건대 나는 자연파와 도시파 중 철저한 도시파 여행자다), 이런 험악한 글 대신 우아한 글을 쓰고 싶다. 소비로 인한 자기비난도 그만하고 싶다. 하지만 늘 기적은 멀고 현실은 가깝다. 오늘 쓴 텀블러를 세척하고 재활용품을 분류하면서 이게 다 무슨 소용이냐고 한숨을 쉴지언정 그런 의식이 큰 문제에 있어 내가 더 나은 선택을 하게끔 도와주는 작은 계기임을 상기한다. 계속해서 생각하지 않으면 생각하지 않기는 너무나 쉽기 때문이다. 질문이 자라나는 곳에서 시간이 멈추듯, 질문이 멈춘 곳에서 관성이 자라난다.

Mahsa Amini
NEVER
WOMAN
LIFE

{ }

초보자 되어보기

배드민턴 강습을 신청했다. 동네 체육 센터의 치열한 경쟁을 뚫고 등록에 성공한 덕이다. 한 가지 걱정이 있었다면 그 반은 마지막까지 정원이 다 차지 않았더라는 것이다. 텃세가 심한 곳도 있다는데 한두 번 나가고 포기하게 되면 비싼 나의 배드민턴 라켓은 어쩌나(20여 년 전에 배드민턴을 배웠다는 이유로 선수용 라켓이 아니고서는 쓸 수 없는 깐깐한 몸이 되어버렸다). 한 달 수강료는? 나의 설렘은? 이런 노심초사는 참으로 오랜만에 느껴보는구나, 생각하며 첫 수업에 참석했다.

첫날은 정신이 하나도 없었다. 신발을 어디서 갈아 신어야 하는지도 몰랐다. 코트에 쭈뼛쭈뼛 들어가 한 켠에 가방을 두고 가만히 앉아 있자니 "그래도 우리 반은 텃세 같은 건 없어서 다행이야 그지?" 하고 이야기하는 아주머니의 목소리가 들려왔다. 아주머니는 자신의 말을 증명이라도 하듯 다가와서 처음이냐고 물었고, 저기 가서 칠판에 이름을 쓰고 오라고 했다. 뭔진 모르겠지만 일단 가서 썼다. 본인과 잠시 치자길래 얼떨결에 코트에 나가 랠리를 주고받았다. 아이고, 세상에. 친 지 5분 만에 땀이 비 오듯 쏟아졌다. 10분쯤 되니 팔근육이 아려오기 시작했다. 다른 회원들은 아랑곳 않고 신나게 각자 게임을 하거나 랠리를 주고받았다. 여기 사람들은 다 괴물인가?

강습은 더 가관이었다. 코치님이 띄워주는 셔틀콕을 클리어로 쳐내야 했는데, 분명히 방금까지 랠리를 칠 때는 팡팡 잘 맞던 공이 하나도 안 맞는 것이다. 이럴 수가 없는데. 아무리 배운 걸 까먹었어도 학창 시절에 배드민턴으로 이름깨나 날렸건만(다들 공부하느라 상대를 해주지 않긴 했다). 하지만 그것도 10년 전이고, 심지어 나는 오랜만의 강습에서 긴장하고 있었던 것이다. 그것도 아주 많이. 무지 많이. 코치님은 배웠다는 사람이 왜 이 모양이냐고 했고, 나는 그 말에 힘입어 더 많은 공을 허공에서 놓쳤다.

정말 창피하기 그지없다고 속으로만 생각했다.

그래서 어떻게 되었느냐? 나는 다음 달도 같은 반에 등록했다. 한 달 사이에 더 많은 회원들과 안면을 텄고, 감도 조금씩 되찾았고, 코치님에게 칭찬도 들었고, 수업 후에도 전완근이 아프지 않게 됐다. 긴장과 부끄러움을 익숙함과 교환하며 땀 흘리는 즐거움을 찾아가는 기분이 상쾌하다. 어디 가서 일을 해도 긴장하거나 지적받을 일이 줄어가는 삶에서 이런 미숙함이 반갑다. 얼마나 안정된 삶을 꾸리든지 우리는 영원히 삶의 초보니까. 그리고 초보자의 미덕은 겸손이다. 오만과 습관을 내려놓고 알고 있는 스탭을 연습 또 연습할 일이다. 배드민턴이야 초보라는 이유가 많은 것을 용서해주지만, 삶은 곧장 흘러가 버릴 테니까.

{ }

일단 뛰어

몇 주 내내 눈치를 봤다. 책상에 앉아서 일을 하면서 창밖을 힐끔힐끔 보다가, 비가 좀 잦아들었다 싶으면 재빨리 자리를 박차고 일어났다. 지금을 놓치면 당분간 기회는 없어! 후다닥 옷을 갈아입고 밖으로 나갔다. 뛸 시간이다.

나의 첫 러닝 기록은 2012년 여름으로 거슬러 올라간다. 미국에 교환학생을 갔다가 10kg이 불어서 돌아온 바람에 푹푹 찌는 여름 더위가 천근만근 무겁게 느껴졌다. 달리기라는 건 횡단보도 급하게 건널 때나 지하철을 잡아 탈 때 하는 건 줄 알았는데 미국에 가보니 39도를 오르내리는 날씨에도 사람들이 길에서 러닝을 했다. 달리기라는 것을 단독으로 할 생각을 처음으로 해본 게 그때다. 뛰는 게…… 재미있나? 하나도 재미없어 보이는데? 하지만 다들 하니까, 나도 한번 해보기로 했다. 미국에서 본 대로 나도 옷을 갈아입고 집을 나섰다. 괜히 기분이 들떴다.

자신만만했던 태도가 무색하게 며칠 하다 말았다. 천천히 뛰는데도 숨이 턱을 넘어 코까지 차올랐다. 어렸을 땐 동네에서 달리기 1등 하는 여자애였는데 왜 이렇게 됐지. 거의 1년이 지난 2013년 5월에야 그다음 러닝이 이어진다. 상쾌하고, 해가 반짝이고, 가벼운 바람이 부는데, 불현듯 러닝이 하고 싶어졌다. 평균 속도는 1km당 7분대의 편안한 러닝이다. 쉬지 않고 7km를 넘게 뛰기도 했다. 그해에는 가을까지 부지런히 뛰었다. 제일 열심히 뛰었던 건 2014년이고, 그때는 2월부터 8월까지 거의 매주 뛰었다. 2014년 여름쯤에는 5km를 1km당 6분대로 뛰는 사람이 되어 있었다.

날이 화창해지면서 한동안 쉬었던 러닝을 다시 시작했다. 아무래도 재미없는 근력 운동만 하기보다는 밖에서 뛰고 싶었다. 러닝머신으로는 도저히 맛이 안 산단 말이지. 똑같은 달리기라도 러닝머신에서 뛰는 건 세상에서 제일 재미가 없고, 좋아하는 음악이나 팟캐스트를 들으며 개천을 뛰는 건 세상에서 제일 재미있다. 내 발로 땅을 박차는 느낌, 계속 변하는 주변 환경, 미세하게 조정이 가능한 속도. 무엇보다 가장 매력적인 건 내가 내 몸을 온전하게 들어서 놓는다는 그 감각이다.

달리기는 내가 책임질 수 있고 책임져야 하는 경계를 뚜렷하게 알려준다. 내가 이끌고 다녀야 하는 무게를 정확하게 각인시킨다. 코어 근육이 얼마나 단단해져 있는지, 허벅지와 엉덩이 근육의 상태는 어떤지를 확실하게 알려준다. 그리고 내가 발을 들어서 옮기지 않으면, 그리고 내가 계속 뛰기로 결정하지 않으면 결코 계속 뛸 수 없다는 사실도 알려준다. 나는 지금 당장 멈출 수도 있지만 계속 뛸 수도 있다. 심장이 뛰고 숨이 차서 돌아버릴 것 같을 때 오로지 나만이 느리게 뛸지 걸을지 멈출지 결정할 수 있다. 얼마나 남았는지 생각하며 속도를 조절하는 것 역시. 매번 나를 새롭게 알아가고 동네의 풍경을 알아간다. 내가 나를 들고 뛰기. 왠지 계속할 수밖에 없는 것.

{ }

커피라는 가짜 버튼

나는 늘 내일의 커피를 생각한다. 일을 하는 동안, 밥을 먹는 동안, 책을 읽는 동안 나는 오늘 치의 커피와 내일 마실 커피를 생각하고 있다.

내가 할당해둔 하루의 커피 양은 에스프레소 기준으로 2샷에서 4샷이다. 아침에 일어나서 1샷에서 2샷을 넣은 아메리카노 한 잔을 마시고, 점심을 먹은 후에 다시 1샷에서 2샷을 넣은 아메리카노를 마신다. 오후 3시 이후부터는 디카페인 커피를 마시고, 피치 못할 경우에만 카페인이 든 커피를 마신다. 에스프레소 샷 대신 콜드브루나 커피 메이커로 내린 커피를 마실 때도 있다. 하루의 커피 세 잔. 커피는 카페인 성분 때문에 실제로도 연료로 기능하지만, 그보다는 마음의 연료에 가깝다.

많은 사람들에게 그렇듯 커피를 준비하는 건 일종의 의식이다. 내가 지금부터 자리에 앉겠다는 다짐이다. 자리에 앉아 나에게 주어진 일을 해내겠다는 신호다. 아침에 일어나 에스프레소 머신의 전원을 켜거나 커피 메이커에 원두를 한 스푼 한 스푼 넣으면서 느끼는 것은 나의 살아 있는 몸과 그 몸이 사는 시간에 대한 감각이다. 나는 오늘도 이 향을 맡을 수 있다. 나는 오늘도 이것을 마실 수 있다. 나는 이것을 마셔서, 고된 일이 사실은 조금 즐길 구석이 있다고 믿을 수 있다. 이것은 일종의 속임수다. 힘든 것(일)에 좋은 것(커피)을 붙여서 힘든 것을 좋은 것으로 만들려는 속셈이다. 혹은 힘든 것(일) 대신 힘든 것(삶)이라고 해도 된다.

나는 나를 커피로 평생 속여왔기 때문에, 즉 매일 그날의 커피 덕분에 삶을 꽤 견딜 수 있었기 때문에, 이제는 삶이 원래 견딜 만한 것이라고 착각할 수도 있다. 커피가 없다면 그렇게 생각하지 않았겠지만 애초에 커피가 없었던 적은 없었기 때문에 그런 가정은 무의미하다. 오늘이 끔

찍할 때도, 하루를 마무리하면서 내일을 생각했을 때 도저히 좋은 게 하나도 없을 때도 나는 나를 속일 수 있다. 그 향과 그 맛과 그 안온함, 그 풍부함이 어찌 되었든 나의 좋은 부분을 지켜줄 것이라고 나를 위로한다.

아침에 의식이 돌아왔지만 아직 몸이 잠들어 있는 그때 커피를 생각한다. 기분이 개운해지면서 모든 게 리셋되는 느낌이 든다. 삶에는 리셋 버튼이 없고, 그것이 우리를 불행하게 만들지만, 커피는 매일의 가짜 리셋 버튼이 되어준다. 가짜라고 해도 누를 수 있는 버튼이 있는 것과 없는 것은 다르다. 무엇보다도 그것을 누르는 내가 매일 기꺼운 마음으로 새로운 하루를 시작하고 있다. 그것을 리셋이라고 부를 수는 없겠지만, 뉴-셋이라고는 할 수 있을지도 모른다. 매일의 시작을 위한 새로운(뉴) 세팅. 매일의 목표는 그날의 커피를 마시는 것, 그럴 수 있게 살아 있는 것이다.

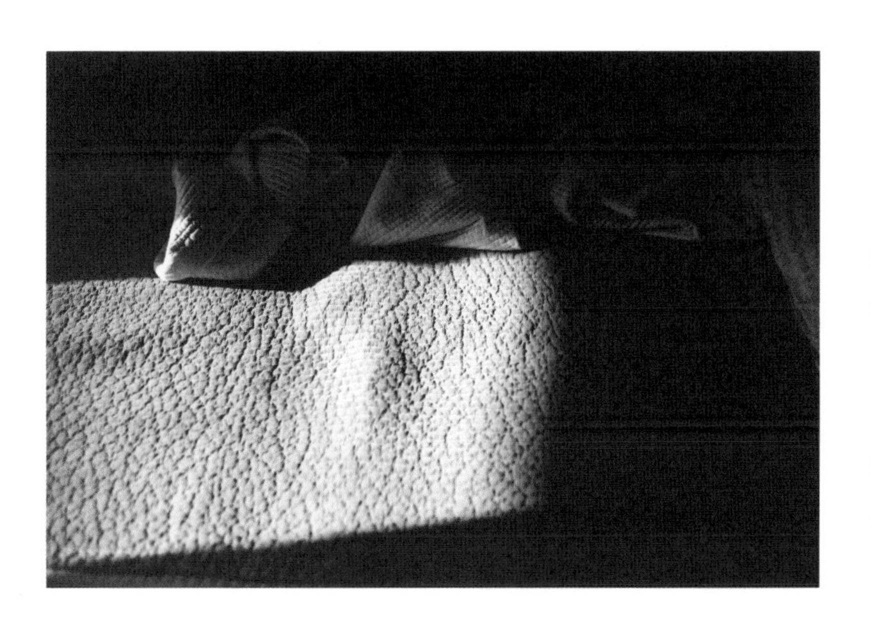

{ }

어드벤트 마법

'어드벤트 캘린더'라는 게 있다. 나도 이것의 존재만 알고 이름은 몰랐는데 이걸 '어드벤트 캘린더'라고 부른다고 한다. 어드벤트 캘린더가 뭐냐면, 크리스마스를 기다리면서 하루에 하나씩 그 날짜에 준비된 제품을 사용하도록 만들어진 일종의 '선물 달력'이다. '어드벤트'가 영어로 강림절, 그러니까 크리스마스 전의 4주간을 뜻하기 때문에 이렇게 부른다. '홀리데이 캘린더'라고 부르기도 한다.

두툼한 상자에 날짜 표시가 여기저기 흩어져 있고 그 숫자 부분을 꾹 누르면 종이가 뜯어지면서 안에 있는 제품을 만날 수 있다. 화장품부터 초콜릿, 주얼리, 향수, 와인, 맥주, 장난감 등 종류도 다양하다. 상자가 무한히 커지기 힘든 만큼 제품들도 보통 작은 사이즈로 만들어져 있어 미니어처를 모으는 듯한 느낌도 든다.

지난겨울은 선물로 받은 티 어드벤트 캘린더와 함께 보냈다. 이 상자에는 매일 그날의 차 티백이 들어 있다. 어떤 날은 평범한 차, 어떤 날은 가향 차가 들어 있고 어느 날은 티백 한 개, 어느 날은 티백 두 개가 들어 있다. 이 세심한 선물 덕에 삶에는 약간의 윤기가 흘렀다. 12월 1일부터 그날의 차를 확인하는 것으로 하루를 시작했다.

좋아하는 차가 나오길 기대하면서 열어본다. 좋아하는 차가 나오면 그래서 기분이 좋고, 특별히 좋아하는 차가 나오지 않더라도 선물을 준 사람의 마음이 생각나 기분이 좋다. 이 선물 덕에 나는 적어도 크리스마스이브까지는 아침에 한 번쯤 행복한 사람이 됐다. 삶에서 이것 이상을 기대할 수 있을까? 내일을 약간 기대하고, 하루에 한 번 정도 행복하다고 생각하는 것?

연말을 맞아 돌아보는 삶은 대체로 엉망이다. 남들은 모르고 나만 아는 못남과 피치 못하게 숨기는 데에 실패

한 못남이 눈만 감으면 달려들어 곤란하다. 나는 왜 이리 속이 좁고 못났나. 왜 일을 하는 데에 빠릿빠릿하지 못했나. 왜 한심한 선택을 했나. 그 일은 이렇게 했어야 하는데, 그 사람에게는 이런 연락을 했어야 하는데, 기타 등등, 기타 등등. 고마움과 미안함과 막막함 사이에서, 나갈 곳도 없어 보이는 꽉 막힌 'ㅁ(미음)'의 한가운데서 한숨을 쉬는 때가 부지기수다.

그래도 내일의 차는 나를 기다린다. 나는 다시금 아침에 일어나 그날의 차를 확인한다. 물을 끓이고, 차가 우려지는 동안 가만히 서서 나를 달랜다. 입김 보이는 한숨 대신 김이 모락모락 나는 차를 코앞에 들이대고, 뜨끈한 차가 살아 있는 몸 구석구석 퍼지는 느낌을 다 느낀다. 그것이 누군가의 다정이라는 듯이. 그 다정을 마셔서 내가 오늘 하루를 살아내겠다는 듯이. 나는 여전히 엉망이지만, 조금 행복한 엉망이다. 그것이 연말의 마법이고, 어드벤트 캘린더의 마법이며, 다정의 마법이다.

겨울의 언어

초판 1쇄 발행 2023년 11월 10일
초판 4쇄 발행 2023년 12월 11일

글 · 사진 김겨울

발행인 이재진 **단행본사업본부장** 신동해
책임편집 이혜인 **편집장** 조한나
제작 정석훈 **마케터** 최혜진 백미숙 **홍보** 정지연
디자인 퍼머넌트 잉크

브랜드 웅진지식하우스
주소 경기도 파주시 회동길 20
문의전화 031-956-7208 (편집) 031-956-7129 (마케팅)
홈페이지 www.wjbooks.co.kr
인스타그램 www.instagram.com/woongjin_readers
페이스북 www.facebook.com/woongjinreaders
블로그 blog.naver.com/wj_booking
발행처 ㈜웅진씽크빅 **출판신고** 1980년 3월 29일 제406-2007-000046호

ISBN 978-89-01-27681-6 03810

웅진지식하우스는 ㈜웅진씽크빅 단행본사업본부의 브랜드입니다.

• 책값은 뒤표지에 있습니다.
• 잘못된 책은 구입하신 곳에서 바꾸어 드립니다.
• 표지 그림 ⓒ게티이미지코리아
• KOMCA 승인필